복코의 반란

복코의 반란

지은이 _ 권동진

초판 발행 _ 2014년 1월 10일

펴낸곳 _ 수필미학사
펴낸이 _ 신중현

등록번호 _ 제25100-2013-000025호
등록일자 _ 2013. 9. 2.

대구광역시 달서구 문화회관11안길 22-1(장동) 출판산업단지 9B 7L
전화 _ (053) 554-3431, 3432   팩시밀리 _ (053) 554-3433
홈페이지 _ http://www.학이사.kr
이메일 _ hes3431@naver.com

ISBN _ 979-11-951489-4-3   03810

※ 수필미학사는 도서출판 학이사의 수필 전문 자매회사입니다.

복권의 반란

권동진 수필집

수필미학사

카 이 로 스 의 시 간

　새로 시작하면서 늦다고 생각할 때가 있다. 그때마다 마음속으로 '카이로스의 시간'을 작동시키지만, 여전히 동요가 일어나는 것은 변함없다. 어차피 지나가 버린 '크로노스'의 시간은 되돌릴 수 없다. 사라진 연기, 흘러가 버린 강물과 같다. 나이가 들수록 무시로 발동하는 조급한 마음은 군중 속에서도 고독감을 느끼게 한다. 어떤 분야에든지 이미 명성을 얻었거나 축적된 경험으로 입지를 굳힌 사람들이 자리잡고 있다. 그런 분을 대하면 태산처럼 보이고 '내가 어느 세월에 언저리에 다가갈까.'라는 아득함이 밀려 온다. 축적된 경험이나 명성은 돈으로 살 수 없는 무형의 가치가 아닌가. 쉽게 얻을 수 없기에 더욱 높아 보인다.

　늦은 때란 없다. 늦다고 생각할 때가 빠르다. 좀 늦더라도 시작하는 이유가 여기에 있다. 목표를 정하고 치열하게 정진했다면 생각보다 더 좋은 결과를 얻었고 패배감이 줄었을 것이다.

그동안 동인지에 어줍잖은 글 몇 편을 발표한 것 외에 뚜렷하게 내세울 결과물이 없다. 늦게 시작한 것이 문제가 아니라 절절함이 부족했다. 수필은 밥이 아니었기에 그것에 치열하게 매달리지 못했고, 변방에서 얼치기 흉내만 낸 꼴이다.

나는 십 년 단위로 등산, 마라톤, 철인삼종경기에 빠져 살았다. 오십 대에 수필에 눈을 돌린 것은 큰 행운이었다. 이제 수필의 바다에 푹 빠지고 싶다. 내가 어떤 것에 빠질 때, 아내는 물가에 노는 어린아이를 보는 마음으로 지켜주었다. 글쓰기와 인연을 맺은 지 오 년, 용기를 내어 함량 미달의 글을 묶었다. 남편과 가족을 위해 헌신하며 기어이 '복코의 반란'을 일으킨 아내에게 고마운 마음을 전하고 싶다.

2014년 1월
권 동 진

■ 차례

2부 꽃밭

3부 외딴섬

4부 꺼먹이 독

5부 유수부쟁선

망치울의 서

늘 떠나고 나면 평소 제대로 하지 못한 것을 자책하는
이 어리석음을 부끄럽게 생각하노라. 없는 듯이 존재하는
소중한 것들의 존재 의미를 떠나고 난 빈 자리에서
발견하는 아둔하고 가련한 자의 슬픔이여.

1부
망치일의 서

서리 맞은 무

같은 부서 K양이 실연을 당했다. 7년간 교제하던 남자가 미국 유학을 떠나더니 한 해가 지나기도 전에 소식을 끊었다. 변심했는가. 하루하루 애타게 애인의 소식을 기다리던 K양은 오랜 고민 끝에 마음과 달리 '헤어지자.'라는 문자를 보냈다. 소식을 끊었던 그 친구는 기다렸다는 듯이 '그러자'며 답장이 왔단다. 내심 사랑을 확인하고 싶었는데 이별의 통첩을 받는 초라한 꼴이 되어버렸다.

이별은 가슴 아리고 슬픈 것이다. 생사를 가름하는 이별은 두말할 나위도 없고, 오랫동안 사귀던 연인과 실연의 아픔도 그에 못지않다. K양은 애써 웃음을 머금은 채 근무에 임하였지만, 초췌해진 얼굴에는 절절한 아픔이 묻어 있다. 도둑처럼 준비 없이 찾아오는 이별을 뉘라서 쉽게 감당할 수 있으랴.

무어라 위로해 주고 싶지만 아무 도움도 주지 못했다.

점심 반찬으로 무생채가 나왔다. 철 이른 수확 탓인지 매운 맛이 강하고 아리다. 무는 제철에 수확한 것이 단맛이 돌고 육질이 단단하다. 제철 무라 할지라도 수확 시기에 따라 맛과 영양에 차이가 난다. 맛이 으뜸인 무라면 단연 서리 맞은 무를 꼽을 수 있다. 서리 맞은 무는 깊은 맛이 배고 무청도 뻣뻣한 성질을 삭혀 부드럽고 연해지며 영양가가 높다. 약용으로 사용하는 무는 두 번 서리 맞은 것을 고른다.

무는 11월 중순경에 수확한다. 가을걷이가 끝나고 겨울 기운이 서려오는 황량한 들판에 유난히 무밭만 푸르다. 농한기라 일손이 남아도 무 수확을 미루는 연유가 뭘까. 갑작스레 추위가 닥쳐 무가 얼기라도 한다면 어쩐단 말인가. 간밤 하얗게 서리 맞은 무밭을 보면 조바심이 났다. 자식을 대하듯 채소를 키운 농심이야 오죽하랴. 무가 냉해를 입어 숭숭 바람이 들면 농사를 접게 된다는 것쯤 모를 리가 없을 텐데도 농부는 맛을 위해서 찬 기운에 무 속살을 단련시키는 것을 마다치 않는다. 하얗게 서리를 맞추며 위험을 감수하는 농심에 고개가 끄덕여진다. 비록 채소라 할지라도 깊고 그윽한 맛이 스미려면 인고의 시간을 견뎌야 하나 보다.

만물의 영장인 인간도 질곡의 삶을 통하여 인격과 품위가 형성된다. 한 생명으로 태어나 육체적으로 변화해 가는 과정이 성장이라면, 시련과 아픔을 견디고 마음이 강건해지는 것은 성숙이라고 할 수 있다. 채소나 과일이 비바람을 이기고 생육과 생장을 통해 열매를 맺고 여물어 가듯이 인생살이도 이와 별반 다르지 않다. 모진 세파를 이겨내야 더 성숙한 인간으로 거듭나는 것이리라.

이별은 가슴 저미도록 아프지만 새로운 만남의 기회가 된다. 실연의 아픔을 겪고 퇴직을 했던 K양이 어느 날 멋진 청년을 만나 결혼한다며 주례를 부탁해 왔다. 지난날 힘들었던 흔적은 어디에도 찾아볼 수 없다. 새로운 인생의 출발점에서 설렘으로 가득한 예비신부의 모습은 아름다움 그 자체였다. 뼈저리게 아픈 시간을 통해 한층 성숙해진 그녀를 보니 삶의 맛은 '이런 것이다.'라는 생각이 들었다. 나는 K양의 결혼을 진심으로 축복해 주며 주례는 사양했다. 경륜과 덕망으로 삶의 향기가 밴 훌륭한 주례자가 식을 집전하기를 바랐기 때문이다. 주례 대신 마음을 담아 편지를 보냈다. 아무리 천생연분이라도 살다가 보면 우여곡절이 있기 마련이다. 어떤 시련이 오더라도 지혜롭게 극복해 가는 여정 속에 인생의 참맛이 스며드는 것이라고 적었다.

나의 신혼 시절을 떠올려 본다. 숱한 갈등의 편린들이 쓴웃음을 짓게 한다. 사소한 일에도 일희일비하며 얼마나 민감하게 대립각을 세웠던가. 세월 탓인가. 이제 우리 부부는 웬만

한 일에는 무덤덤하다. 어지간한 일은 시간이 지나면 자연스럽게 매듭이 풀린다는 걸 오랜 경험으로 깨달았기 때문이다. 하지만 아직도 매운맛이 다 가시지는 않았다. 인생을 달관한 듯 여유를 부리다가도 때로는 바늘 하나 꽂을 자리도 내어주지 못하는 속 좁은 못난이가 되곤 한다.

쉰을 지난 길목에 불어오는 바람이 스산하다. 추수가 끝난 황량한 들판 무밭 같은 마음이다. 세월의 서리를 맞고 반백으로 변해버린 머리카락이 애달프다. 얼마나 더 인생의 고비를 돌아야 서리 맞은 무처럼 깊고 그윽한 맛이 날까.

고3 아비

운동화를 씻는다. 신발 옆구리를 가로지른 유명 상표며 분홍색이 무색할 정도로 찌든 때가 켜켜이 쌓여 있다. 단단히 매여진 끈을 풀고 내피를 끄집어내니 잉크처럼 선명한 발가락 자국이 찍혀 있다. 잠시 손길을 멈추고 판화처럼 각인된 자국을 바라보며 상념에 젖는다. '아! 내 딸도 이만큼 삶의 무게를 견디며 사는구나.'라는 생각에 마음이 짠하다. 아무렴 고3이라는 멍에가 얼마나 힘겨울까? 감기약을 먹으면서도 편하게 쉬지 못하고 책상 앞에 웅크리고 앉아 있어야 하는 절박함이 오죽할까. 멎지 않은 잔기침이며 푸석푸석 부은 얼굴을 지켜보자니 안타까울 뿐이다. 대학 입시가 아니라면, 한없이 즐거워야 할 청춘의 시기가 아닌가.

안타까움에도 무엇하나 온전히 해주지 못하는 무능한 아비라는 자괴감이 밀려온다. 경제적으로 넉넉지 못해 과외도 못 시키고, 아내는 부업을 하느라 끼니도 제대로 챙겨주지 못하는 실정이다. 그래, 신발이라도 깨끗이 빨아주자. 비누를 듬뿍 문혀 빨래 솔로 신발의 외피를 문지른다. 땟국물이 줄줄 흘러나온다. 신발끈을 비벼 빨고, 밑창에 접착제처럼 붙은 껌을 떼어낸다. 쪼그리고 앉은 다리가 저리고 여러 번의 헹굼으로 본래의 분홍색이 살아난다. 잠시의 노동으로도 마음이 개운하다. 부질없는 생각인 줄 알지만, 고3 딸의 마음속 찌꺼기들도 이렇게 시원하게 해결해 줄 수만 있다면 얼마나 좋을까. 엉거주춤 구부렸던 허리를 펴고 한숨 돌린 다음 바람과 볕이 잘 드는 베란다 창틀에 가지런히 신발을 놓았다. 창틀 끝에 매달린 햇살이 아쉽다. '어서 축축한 뒷 굽을 말려야지.'라는 생각과 달리 서둘러 비켜가는 햇볕이 야속하다. 나만의 서두름과 조바심이 발동한다. 반면, 내일의 찬란한 외출을 기다리는 분홍색 신발의 침묵이 정겹다.

 사람도 가끔은 묵은 땟국을 빼고 젖은 몸과 마음을 말리는 침묵의 의식이 필요하리라. 기울어 가는 햇살을 따라 아카시아 향기를 머금은 바람이 노크도 없이 달려들어 와락 안긴다. 오래 사귄 속 깊은 친구처럼 그윽하고 부드럽다. 신발을 빨아야겠다는 관심과 잠시의 수고가 사소한 행복을 선물해 준다. 억지 위안이라도 좋을 법하다. 딸이 좋아하는 초밥을 사줄 때, 야간 자율학습이 끝날 때까지 교문에서 기다릴 때, 고3 아비로서 작지만 뭔가를 해줄 수 있다는 것에 감사한다.

사소하지만 용기의 말 한마디도 가끔은 큰 힘이 되고 행복이 된다. 신발을 말리며 스스로 작은 일상에 감사함을 배운다. 고3 아비! 나는 일생의 단 한 번뿐인 시간을 보내고 있다. 볕에 잘 말린 말끔한 신발을 신고 세상 속으로 당당히 걸어가는 딸의 모습을 그려본다.

구석을 비추어 보다

친구 아버지의 함자는 구 자 석 자이다. 왜 하필이면 '구석'인가. 덩치가 큰 그였지만 친구들의 실소와 놀림을 힘으로 막지는 못했다. 세월이 흐른 지금도 친구 아버지의 함자를 기억하는 연유는 뭘까. 이름의 의미보다는 '구석'이라는 어감이 주는 뉘앙스 때문이라 생각된다.

흔히 '구석'이라 하면 하찮고 보잘것없는 것으로 여기지 않았던가. 왠지 빛이 미치지 못하는 모퉁이거나 손길이 닿지 못해 어둑한 느낌이다. 혹자는 어처구니없게도 자택을 비하하여 집구석이라고 말한다. 초라하고 누추함을 빗댄 말일지언정 듣기에 거슬린다.

구석을 부족한 사람이나 사물이 차지하는 말석쯤으로 생각하는 것은 선입견에 불과하다. 존경받지 못하는 인물도 자기를 드러내기 위해 애써 상석을 차지하기도 하며, 호사스런 사치품도 그 쓰임새에 비해 눈에 띄는 곳에 장식된다. 반면, 남들이 부러워하는 인품과 직위를 가진 이나 세상에 꼭 필요한 인물이라도 자신을 낮추는 경우도 있다. 사물도 마찬가지다. 조금만 눈여겨보면 긴요한 물건일수록 구석을 마다치 않음을 본다.

구석은 올레길이다. 그 길은 공해에 찌든 도시의 일상에서 쌓인 스트레스를 풀어주고 마음의 안식을 준다. 올레길은 새롭게 만들어진 것이 아니라 외지고 구석진 옛길을 비추어 드러나게 되었다. 조상 대대로 삶의 터전을 꾸리면서 자연스럽게 생겨난 것이요, 어린 시절 포근한 어머니 품속으로 달려가던 아련한 추억의 소로이다. 촌각을 다투어 달리는 자동차 소음 대신 대지의 기운을 느끼는 길이요. 물소리, 새소리, 바람소리조차 신비로운 선율로 어우러지는 태고의 통로이다. 그곳은 사철 향기가 묻어나는 마음의 본향이다.

삶의 여정도 별반 다르지 않다. 번잡하고 시끄러운 대로를 경쟁하듯 달리는 삶도 있을 것이다. 반면에 물질적으로 궁핍하지만, 청빈을 벗하여 이웃과 나누며 유유자적하는 삶도 있으리라. 명예와 부귀, 일신의 영달을 위한 화려한 무대의 주인공이 아님을 다행으로 여기는 삶, 모진 세파에 실패를 거듭해도 인구에 회자膾炙하지 않는 삶은 올레길을 닮았다. 알아주는 이 없어도 신념과 보람을 느끼며 복된 삶이라 자처한다.

외진 곳을 벗하여 아름다운 빛이 되는 이도 있다. 월드비전 구호팀장을 맡은 바람의 딸 한비야가 그렇다. 그는 지구촌 오지를 누비며 생사의 사선을 넘나든다. 위험하고 참혹한 구호 현장이다. 그녀는 겉으로 드러나는 명예와 영광보다는 자신의 일에 순명을 바친다는 자긍심으로 가득하다. 소외되고 구석진 곳에서 헐벗고 굶주리는 사람들에게 인간 본연의 사랑을 나누어 주는 데서 기쁨을 얻는다.

'구석'에서 겸양의 미덕을 배운다. 사찰의 모퉁이에 있는 해우소解憂所는 근심을 푸는 곳이다. 하루에도 수없이 생리적 문제를 해결해 주는 중요한 공간이지만 해우소는 구석자리가 제격이다. 굳이 중심이 되는 자리를 차지하려 한다면 꼴불견이요, 오히려 근심이 쌓이는 곳이 될 것이다. 구석을 탓하지 마라. 화려한 조명은 받지 못하더라도 멸시받고 천대받아야 할 이유는 없지 않은가. 말석이 있어야 상석이 빛나는 것이리라.

구석에 놓인 사물에 시선을 맞추어보라. 요긴한 물건일수록 분수를 지키며 뽐내지 않는다. 누군가 필요로 할 때 쓰이기 위해 겸손한 자세로 말없이 기다린다. 꾸밈없는 미덕에 슬며시 미소가 번진다. 구석이 전하는 말, 허영의 가면을 벗으라 한다. 이기심을 버리고 겸허하게 살라 한다. 화려함보다는 쓸모 있는 도구가 되라 한다. 타인의 자리가 빛나도록 자신의 것을 내어주라 한다. 구석은 상생의 기쁨을 맛보라 한다. 가족의 헌신적인 노력이 헛되지 않도록 비추어 보라 하고, 여러 분야에서 드러나지 않게 자신의 몫을 다하는 이에게 따뜻한 눈길을 주라 한다.

　살아온 세월 나를 빛나게 해주었던 조연은 얼마나 많았던가. 그들은 말석을 마다치 않고 헌신적인 사랑을 주었다. 부모님, 가족, 스승, 동료, 때로는 한 번도 본적 없는 타인이 기꺼이 내 삶의 조연이 되어 주었다. 화려한 무대 주인공의 영광이 어찌 혼자만의 것이겠는가. 무대 뒤에서 정성을 다하는 손길이 있었기에 가능한 것이다. 나를 빛나게 해준 조연을 잊지 않은 것이 진정한 주인공이다. 엷은 봄 햇살에도 동토가 풀리고, 분분했던 춘설에 움츠렸던 봉우리들도 부지불식간에 푸름으로 변하듯이 구석에도 빛이 고루 퍼져나가기를.

사은회

겨울은 새로운 출발을 위한 분기점이 되곤 했다. 빈 들판의 삭막한 풍경과 살을 에는 추위로 강물이 꽁꽁 얼어붙으면 손발뿐만이 아니라 마음도 시렸다. 엄동설한의 산골 풍경은 움직임이 없는 정물처럼 단조로웠다. 봄이 오려면 호된 추위를 견뎌야 하는 것이 자연의 이치라는 걸 희미하게 깨닫게 해주었다. 간혹 먹잇감을 구하기 위해 눈 위에 발자국을 남기는 짐승도 있지만, 대부분 동물은 겨울잠을 자기 위해 자취를 감추었다. 삭풍의 계절은 인내심과 새로운 시작을 위해 침묵을 요구했다. 두메산골 소년도 봄을 기다렸다. 얼었던 강물이 풀려 바다로 가듯이 넓은 세상으로 나가고 싶었다.

정든 교정에는 회오리바람이 뿌연 먼지를 일으키며 지나갔다. 바람 소리만 요란하게 창문을 두드렸을 뿐, 왁자지껄 소란스럽던 교실은 평소와 다르게 엄숙한 분위기다. 6년을 가족처럼 지내던 동무들이 마지막 수업을 마쳤다. 장난꾸러기들도 헤어진다는 것이 유쾌한 일은 아닌 모양이다. 손때가 묻은 책걸상, 정든 선생님, 코흘리개 친구들, 이제 떠나면 다시 돌아올 수 없다는 사실이 실감 나지 않았다. 언제 다시 만날까. 뿔뿔이 자기의 길을 가기 위해 기약 없이 헤어져야 하는 시간이 코앞에 닥쳤다.

새로 지은 3층 교실에 조촐한 음식이 차려졌다. 천연 사이다, 롤빵, 엿, 비스킷, 과자, 곶감, 떡이 전부였지만 소풍 때나 운동회가 아니면 먹기 어려운 것들이다. 그동안 가르쳐주신 선생님을 모시고 사은회 자리가 마련되었다. 온갖 음식과 과일이 차고 넘치는 요즘에 비하면 초라하기 짝이 없지만, 십시일반 준비한 것으로 상차림을 하였다. 톡 쏘는 천연 사이다 한 병, 달콤한 단팥빵 한 봉지를 들고 오는 등 제각기 형편에 맞게 가지고 왔다. 그중에서도 여자 친구 H가 해온 송편은 음식이 귀했던 시절에 단연 돋보이는 먹거리였다.

차려진 음식을 중심으로 빙 둘러앉았다. 교단 앞자리에는 교장 선생님과 열 명 남짓 다른 학년 선생님도 참석하셨다.

반장이 일어났다.

"차렷 경례. 지금부터 사은회를 시작하겠습니다."

"그동안 가르쳐주신 스승의 은혜에 감사하며 이 자리를 마런하였습니다. 어디를 가더라도 선생님의 가르침을 잊지 않고 마음에 새기며 훌륭한 사람이 되겠습니다."

숙연한 분위기와 다르게 박수 소리가 유난히 크게 들렸다. 담임 선생님이 급우를 둘러보면서 말을 이었다. "오늘 여기에 앉은 여러분 중에 중학교에 진학하지 못하는 친구도 있습니다. 모두 나의 제자로서 어떤 길을 가더라도 꿈을 버리지는 마세요. 더 넓은 세상으로 나가서 가슴을 펴고 당당하게 꿈을 펼치어 훌륭한 사람이 되기를 바랍니다."

누가 먼저랄 것도 없이 여기저기서 훌쩍이는 소리가 들렸다. 가정 형편이 어려워 중학교에 진학하지 못하는 동무를 쳐다보니 나도 눈물이 핑 돌았다. 헤어진다는 말이 눈가에 이슬을 맺히게 한다는 걸 어렴풋이 알았다.

훌쩍이는 소리가 잦아들고 한 사람씩 일어나 장래의 희망과 각오를 이야기하였다. 동무들 마음이 한 뼘씩 커지고 어른스러워진 것 같았다. 드디어 음식을 나누어 먹는 시간이 되었다. 평소 자주 접하지 못한 음식이라 숙연했던 분위기는 온데간데없이 금세 환하게 밝아졌다. 나는 H가 해온 떡을 집었다. 누가 해온 것인지 따위는 까맣게 잊고 있었다. 갓 해온 송편을 먹으려는데 뒤통수에 대고 누군가가 외쳤다.

"상봉아, 그 떡 가시나가 해온거데이."

먹을까 말까. 멈칫거리는 순간 모든 친구의 시선이 나를 향해 있었다. 갑작스러운 일이라 그 상황이 당황스러웠다. '떡이 무슨 죄가 있다고.'라는 생각이 스쳤지만, 위기를 모면하고 싶다는 생각으로 들고 있던 떡을 창밖으로 휙 던져버렸다. 다른 친구가 집은 송편도 돌팔매의 희생양이 되었다. 상황은 더욱 나빠졌다. 떡을 해온 H의 표정이 굳어졌을 뿐 아니라 여자아이들은 어처구니없다는 눈으로 나를 쏘아보고 있었다. 스승의 은혜에 감사하고자 마련된 사은회의 정숙한 분위기가 살얼음처럼 차갑게 변해버렸다. 부끄럽고 미안해서 고개를 들 수 없었다. 고작 롤빵 한 봉지를 들고 온 나로서는 음식을 버린 것에 대해 변명의 여지가 없었다. 쥐구멍이라도 들어가고 싶었다.

여학생이 해 온 떡이 똥 묻은 것도 아닌데 왜 버렸을까. 창밖으로 던지지만 않았어도 덜 미안했을 것이다. 선생님의 꾸지람이 두려워 더 이상은 아무 생각도 나지 않았다. 빨리 이 상황이 끝났으면 좋겠다는 마음뿐이었다. 일 초가 얼마나 길던지 침묵이 어색해 슬며시 고개를 들다가 선생님과 눈이 마주쳤다. 평소 호랑이처럼 무서웠던 선생님은 아무 말도 안 하시고 빙그레 웃기만 하셨다. 꿈을 꾸고 있는 듯 착각이 들었다. 선생님은 더 넓은 세상으로 나아가는 제자의 갈림길에 추억이 되기를 바랐던 것일까. 그날 가장 인자하게 웃어 주었다. 평소 무서웠던 선생님의 기억은 희미해지고 지긋이 웃어

주시던 그날의 모습은 세월이 흘러도 잊혀지지 않는다.

초등학교를 졸업한 지 40년이 훌쩍 지났다. 고향 갈 때마다 사은회를 했던 교사를 습관처럼 쳐다보았다. 철없었지만 스승의 가르침에 감사하고 손수 음식을 마련했던 동무들의 모습이 눈에 선하다. '친구야 그때 정말 미안했다.' 이제는 세월의 때가 묻었는지 누가 해온 떡이든 가리지 않고 잘 먹는 어른이 되었다. 두 해 전 학교는 폐교되고 군립요양원이 들어섰다. 그곳에 가면 이제는 쳐다볼 교사도 사라져버리고 교비만 남아 쓸쓸함을 더하지만, 그때 사은회는 결코 잊을 수 없다.

망치일忘齒日의 서

　생의 마지막 몸부림인가. 골치骨齒를 파고드는 둔탁하고도
예리한 통증은 인내심의 한계를 넘나들며 촌각을 다투는 사
투로 불면의 밤을 지새우게 했노라. 가눌 수 없는 통증에 흰
가운을 입은 젊은 처녀의 지시에 한마디 변명도 못하고 '아'
하고 입을 벌린 것이 화근이로다. 마스크로 안면을 가리고 저
승사자처럼 소리 없이 다가온 발치拔齒면허 소지자는 경륜이
묻어나는 풍모와 숙련된 손놀림으로 전등을 비추어 순식간
에 구강 내 도열한 치아 검열을 마쳤나 보다. 그는 건축 공사
장에서나 쓰임직한 연장으로 작별 전 최소한의 의식儀式도 없
이 매정하게 너를 뽑아 낯선 용기에 댕그라니 올려놓았도다.
풍찬노숙風餐露宿 세월의 흔적이 치석으로 남아 주인의 게으
름을 비웃는 듯 생을 마감한 벌거숭이 모습을 보니 회한에 찬

슬픔을 금치 못하노라.

　유치에서 영구치로 반평생을 인고지락忍苦之樂하였건만 졸지에 떠나버린 슬픔이 크노라. 한결같은 저작운동으로 오묘한 맛의 기쁨과 건강의 초석이 되었거늘 어찌 그리 허망하게 생을 마감하더란 말이냐. 졸지에 썩은 고목처럼 뿌리째 뽑혀 나가리라고는 추호도 몰랐으니 '마른하늘에 날벼락'이란 이를 두고 하는 말이로다. 왠지 모를 야속한 심사에 목젖을 타고 울컥 복받치는 슬픔을 겨우 삼키기로서니 동고지락同苦之樂한 어금니에 대한 예의가 아니로다. "하룻밤에도 만리장성을 쌓는다."라고 했건만, 반평생 한 지체로 저작에 관여하여 생명 유지의 힘이 되어준 너에게 나는 무엇이더란 말이냐. 혹자는 길에 차이는 돌멩이 하나에도 의미가 있다고 했거늘 내 너를 소홀히 하고 천박하게 대했으니 무릎을 꿇고 백배 천배 사죄를 해도 부족함이 태산이로다.

　오늘 너를 잃은 치욕의 날에 원망으로 흐르는 피를 멈추기 위해 솜뭉치를 물고 있노라니 참으로 후회가 막심이로다. 늘 떠나고 나면 평소 제대로 하지 못한 것을 자책하는 이 어리석음을 부끄럽게 생각하노라. 없는 듯이 존재하는 소중한 것들의 가치를 떠나고 난 빈자리에서 발견하는 아둔하고 가련한 자의 슬픔이여. 애꿎고 야속한 심사로다. 지난날 무지한 나의 잘못으로 아쉬운 이별을 고했던 숱한 기억의 편린이 가슴을 찌르노라. 한 번 실수는 병가지상사이니 이번 내 잘못이 거울이 될 수도 있으나 하지만 이 몸이 삶의 순간순간을 진지하게 살지 못해 같은 실수를 거듭 했으니 가슴을 치며 후회를 하노라. 고로 한때 좋은 인연을 맺었던 모든 것에 대한 사과를 금일에 함께 올리노라.

회자정리會者定離라 했던가. 누군가 떠나면 그 자리를 대신하려는 자도 있기 마련이니 작금 처한 현실에 섣부른 결정을 내리지 못하노라. 늘 하던 저작운동도 불편함을 형언하기 어렵고, 인후에 울리는 공명共鳴도 헛바람이 들어 발음이 예전만 못하니 참으로 가슴이 허허롭구나. 치조에 인공 구조물을 세우고 평균 수명 십오 년을 유지한다는 임플란트가 너의 자리를 대신 할 수 있다지만 막상 보내고 나니 슬픔이 앞서는구나. 사별하고 새장가 들기도 낯짝이 있어야 하지 않는가. 금일 황망 중에 돌이킬 수 없는 이별을 하였다만 아我는 망치忘齒일에 깊이 깨달은 바가 있으니 지체枝體뿐만이 아니라 만물을 대함에 소홀함 없이 대할 것을 검투사 같은 비장한 마음으로 결행하겠노라. 너를 잃은 슬픔을 항시 기억하여 삶의 기쁨이 되게 하겠노라. 너 없는 자리에 다른 인공치아가 들어오더라도 망치의 날 맺은 약속을 목숨이 다하는 날까지 기억하고 또 기억하겠노라!

갈대

흔들린다고 비웃지 마세요. 강변의 늪은 대대로 이어온 삶의 터전이요, 필연적으로 받아들여야 하는 운명이기에 넘어져도 오뚝이처럼 일어서는 삶이랍니다. 솔직히 사철 푸른 소나무의 기개나 곧은 절개를 자랑하는 대나무의 태생이 부럽습니다. 인적 드문 강변에서 찬 서리 모진 바람에 서걱서걱 울며 신세타령으로 자괴감에 젖을 때도 있습니다. 송죽처럼 사군자의 반열에 오른다면 시인 묵객이 아니라도 기꺼이 일상의 뜰에 두고 봄직 하겠지요. 뉘라서 늪의 갈대를 품위 있다 하여 가까이 두고자 하리오. 술이라도 거나해져 "바람에 흔들리는 갈대의 순정"이라며 변심의 모상처럼 낙인찍어 한 소절 불러 제치면 억장이 무너집니다. 변심이라니요. 삶의 터전을 지키고 바람과 공생하는 살풀이춤이 어찌 흔들리는 순정인가요. 근거 없이 변심이라는 멍에를 씌우지 마세요. 태생이 곧고 푸르다 하여 다 고고하고 지조 있는 것은 아니더군요.

흔들린다고 비웃지 마세요. 흔들리는 것이 모진 세파 이겨 내려는 군무群舞랍니다. 마파람, 높새바람, 하늬바람이 동류가 아니듯이 갈대는 항상 바람에 맞추어 새로운 생명의 춤을 춥니다. 사계절 춤사위가 다르고 하루 중 석양이 지는 시간의 무희가 가장 아름답지요. 간혹 무도장에 짜르르 짜르르 무희복 끌리는 소리를 엿들을 줄 아는 관객이라도 만나면 절로 신이 납니다. 바람결에 어우러진 뭇 새의 지저귐과 풀벌레의 합창, 고요한 수면을 활주로 삼아 날아오르는 백로의 비상, 먹이를 찾는 물새들의 자맥질, 황혼에 남실대는 갈대의 춤을 알아주니 얼마나 반가운가요. 석양이 질 때 초대장 없이도 강변의 무대를 찾아온 관객과 함께하면 낭만이 깃든 풍경이 연출되지요. 틀에 박힌 관념을 깨고 마음의 눈으로 보세요. 늪에서도 끈질긴 생명력으로 살아가는 아름다운 삶이 있다는 걸 새삼 알게 됩니다.

흔들린다고 비웃지 마세요. 바람은 대지의 만물을 휘돌아 가는데 갈대만이 흔들린다 하는 것은 어불성설입니다. 세상사 흔들리지 않는 자 뉘 있으리오. 갈대는 흔들리는 것이 아니라 상생의 이치를 실천한답니다. 바람을 막아 물새 알을 품어주고, 늪에서 사는 어종과 다양한 생물들의 보금자리가 되어주지요. 비록 강변에서 자생해야 하는 슬픈 운명이지만 비관하지 아니하고 서로 감싸주며 더불어 살아간답니다. 회오리바람이라도 불면 코를 박고 허리를 굽히지만 변심하거나 혼자 살겠다고 버티지 않습니다. 어떤 사물이든 겉모습이 전부는 아니지요. 마음의 눈으로 보면 흔들리는 것도 그 나름의 이유가 있습니다. 쓸데없이 버티는 아집이 오히려 화를 부르는 경우도 흔합니다.

흔들린다고 비웃지 마세요. 흔들리는 것이 아니라 가없는 생명의 축제요 기쁨의 노래입니다. 명주 꽃 같은 하얀 꽃송이를 갈바람에 날리던 날 당신은 어디에 계셨나요. 청명한 하늘 아래 하얀 손 흔들며 부르던 갈대꽃의 축제를, 무심해서 몰랐다니 안타깝습니다. 혹 노위蘆葦라고 들어 보셨나요. 갈대의 약명은 노위랍니다. 대부분 사람은 흔하고 쓸모없다지만 열을 내리고 몸에 쌓인 갖가지 독을 해독해주는 것이 갈대랍니다. 인체의 면역력을 키워주며 소변을 잘 나오게 하는 약효가 보잘것없다 비웃는 갈대에 있답니다. 화려하고 겉만 번지르르하여 쓸모없는 것에 비하면 갈대의 삶이 차라리 더 멋지지 않으세요. 장미꽃만 아름답다 편애하지 마세요. 세상에 온갖 꽃들이 공존하기에 장미가 돋보이는 것이랍니다. 비록 사군자의 반열에 오르지 못하고 장미 같은 화려한 꽃을 피우지는

못해도 원망하지 않습니다. 갈대는 끈질긴 생명력으로 갈대
의 삶을 노래하고 춤추며 살아갑니다.

　나는 갈대의 삶을 살아갑니다.

청암사 풍경소리

볼을 스치는 오월의 바람이 부드럽다. 바람이 방향도 없이 초록의 잎을 흔들어대니 마음도 덩달아 갈피를 잡지 못한다. 세상에 흔들리지 않는 것이 어디 있으랴. 버티다가 부러지기보다는 흔들리며 떠나보자. 마른 가지에 새잎이 돋아나듯 오래된 기억이 명징하게 다가오는 것이 놀랍다. 까맣게 잊고 살았는데 불현듯 청암사가 심연의 바다를 헤엄쳐 수면으로 떠올랐다. 이런 날은 생전의 아버지가 그립다.

아버지는 평생을 머슴처럼 사셨다. 일찍 할아버지가 돌아가시고 할머니는 어린 삼 형제를 굶주리게 할 수 없어 재혼을 선택했다. 큰아버지는 그 길로 집을 나가 고향을 등지고 객지를 떠돌다 돌아가셨다. 삼촌도 나이가 들자 도시로 나가 버렸다. 아버지는 할머니 혼자 두고 떠날 수 없어 초등학교에 다

녀야 할 나이에 의붓아버지 밑에서 농사를 배우며 종처럼 일
했다. 내가 초등학생이 되어서야 분가한 아버지는 약간의 토
지를 받았으나 부농의 꿈을 이루고자 화전을 일구며 뼈가 닳
도록 일하셨다. 나는 학교가 가깝다는 이유로 할머니 집에
남았다. 성이 다른 할아버지의 문패는 언제 보아도 낯설었
다. 할머니가 손자들 중에서 유독 나에게 애정을 주신 까닭
은 효심 가득한 아버지 덕분이란 걸 오랜 세월이 지난 후에
깨달았다.

청암사는 물소리와 풍경소리를 만나기 좋은 절이다. 불영
산 일주문을 지나면 곧장 계곡의 물소리가 마중을 나와 절까
지 동행한다. 이끼 긴 바위틈 물소리는 번뇌 망상의 소음으로
가득 찬 귀를 말끔히 씻어 준다. 김천시 증산면의 청암사는
직지사의 말사이다. 859년 도선국사에 의해 창건된 사찰로
인현왕후가 폐위된 후 3년간 기거하며 기도했다는 절로 유명
하다. 비구니 승가대학이 있는 절답게 구석구석 수행자들의
손길이 닿아 정갈하다. 강원에서 걸레질하는 까까머리 비구
스님의 모습이 봄 햇살에 환하다. 대웅전 빛바랜 단청이 천년
고찰의 면모를 고스란히 간직하고 있다. 석가탄신일이 가까
워 오는 휴일임에도 길손이 뜸하다. 종무소 앞 긴 줄에는 두
서너 개의 연등만이 외로이 달려 있다.

아버지는 할머니를 원망하지 않았다. 분가하고서도 맛난

음식이 생기면 할머니 먼저 챙기셨다. 모든 희생을 운명처럼 끌어안고 살면서 그것에 대해 불평하지 않았다. 당신께서도 의붓아버지의 그늘에서 벗어나 학교에 다니고 싶고, 도시생활에 대한 동경도 있었을 것이다. 지게 등짐에 짓눌리며 머슴이나 다름없는 생활을 참고 견뎌낸 것은 오로지 할머니를 지켜야 한다는 신념 때문이었으리라. 같은 형제지만 아버지의 효심은 남달랐다. 할머니의 선택이 민생고를 해결하는 어쩔 수 없는 선택이라는 것을 온몸을 던져 위로해 주었다.

물소리가 잦아들면 봄기운 머금은 풍경소리가 귓전을 파고 든다. 절집이 시장처럼 왁자지껄 소란스럽다면, 창공으로 날아가는 비어飛魚 소리를 듣지 못했을 것이다. 설령 들었다 하더라도 느낌표가 없는 무심한 소리로 그쳤을 것이다. 물소리가 사찰 경내에까지 따라온 것도, 풍경 소리가 마음에 와 닿은 것도 청암사 도량에서만 맛볼 수 있는 특별함이다. 청암사 경내는 고요하고 정갈하다.

바람의 힘으로 형식의 매임이 없는 소리가 마음을 끈다. 풍경이 매달린 처마 끝에 시선이 머문다. 청미한 풍경 소리는 소 잔등처럼 생긴 산허리로 흩어진다. 일순간 속세의 상념이 까마득해지고 무념 무아의 정적만 흐른다. 뺨을 스치는 한 줄기 바람이 아니었다면 오래 멈추고 싶은 시간이다. 바람은 어디서 불어와 풍경 소리를 들려주는가. 누군가가 그리운 날 울림이 있는 소리를 만나는 것도 소중한 인연이다. 바람이 전해 주는 소리의 인연이 억겁의 시간을 뚫고 찰나의 순간 마음자 리를 파고든다.

아버지 살아생전 일이다. 집에서 키우던 소가 갑자기 배가 남산만 해지는 고창증에 걸렸다. 아버지는 소를 살리기 위해 막걸리를 먹여 보았지만, 소용이 없었다. 그 당시 수의사는 출장비가 너무 비싸서 부르기 어려웠다. 나는 읍내로 나가 가 축병원에서 처방한 약을 들고 급하게 집으로 달려왔지만 이 미 때가 늦었다. 가족처럼 아끼던 소가 숨을 거두려고 하자 아버지는 급히 소를 마구간으로 몰아넣었다.

소가 마지막 숨을 거두는 모습을 지켜보았다. 숨진 소는 엄 청나게 무거웠다. 마구간에서 끌어내려고 하니 출입문이 좁 아서 여러 사람이 매달려도 꺼낼 수가 없었다. 결국은 문을 부수고서야 죽은 소를 겨우 꺼낼 수 있었다.

"아부지요! 어차피 죽을 소를 왜 마구간으로 몰아넣어 이 고생을 하니껴"

"야야 사람도 밖에서 죽으면 객사고 말 못하는 짐승도 지 집에서 죽게 해야지"

아버지는 대수롭지 않게 한 마디 던지고 담배 연기만 뿜어 내셨다. 외양간 문을 부수는 번거로움을 자처하면서도 가축 을 가족과 똑같이 대하던 당신의 모습이 그립다. 떠도는 걸식

자를 먹여주고 재워주시던 아버지는 사람을 대하는 데 차별이 없었다. 나는 당신의 사랑법을 보고 자랐지만 그리 살지 못하고 있다. 계율을 어긴 파계승은 아니지만, 양심에 따라 살지 못하고 작은 이익에 연연하며 이기적으로 살아가는 초라하기 그지없는 속세의 한 인간이 청암사 풍경소리에 붙잡혀 있다.

물고기는 눈을 뜨고 잔다. 목어는 맑은 정신으로 깨어 있으라는 뜻이다. 풍경 소리는 수행자들이 물고기로 환생한 스님 이야기를 거울로 삼아 계율을 지키고 수행 정진하라는 의미가 담겨 있다. 수시로 미혹의 갈림길에서 갈피를 잡지 못하는 중생이 청암사 풍경소리에 잠시 정신이 깨어 살아온 날들을 뒤돌아본다. 뎅그렁뎅그렁 아버지처럼 베풀며 살지 못하는 이기적인 나를 질타한다. 긴 줄에 걸린 외로운 연등이 바람에 흔들린다. 어느 중생의 기원이 깃든 등일까. 겸손의 심지를 밝히고 자신을 녹여 타인에게 작은 빛이 되고 싶은 연등이 삶의 줄에 매달린다. 더 머물고 싶은 마음을 접고 절집을 나선다. 배웅 나온 물소리를 뒤로하고 한 구비 또 한 구비 돌아서니 절은 가물가물 멀어지는데 풍경소리만 청명하게 따라온다. 부디 시방세계에 부처님의 법음이 울려 퍼지어 깨어 있는 정신으로 살기를 바란다.

앵두

고등학교 시절, 친구와 둘이서 자취를 했다. 집을 떠나 손수 밥을 해먹으며 학교에 다니기는 결코 쉬운 일이 아니었다. 그때는 요즘처럼 흔한 전기밥솥도 없었다. 연탄불이 꺼지면 석유풍로에 밥을 해먹거나 귀찮아서 끼니를 거르는 경우가 다반사였다.

자취집은 기역자 한옥으로 본채에는 주인이 살았다. 우리는 작은 부엌과 툇마루가 있는 아래채 단칸방에 살았다. 세간 살이라고는 냄비 하나에 밥그릇 수저가 전부인 소꿉장난 같은 살림이었다.

넓은 마당 한가운데는 공동수도가 있었다. 공동수도는 빨래나 걸레를 빨 때 주로 이용했다. 속옷 빨래는 낯가림이 심해 밤시간이나 집안에 사람이 없을 때 했다. 수돗가 담장 밑에는 덩굴장미와 앵두나무 한 그루가 있었다. 앵두나무에 시선이 머문 것은 사월이 오면서부터였다. 점차 자취 생활이 익숙해지면서 수돗가에 나가는 것이 편해졌다. 그러던 어느 날, 마른 가지에 잎을 틔우고 꽃을 피우는 앵두나무가 눈에 들어왔다. 벚꽃이나 복사꽃에 비길 정도는 아니지만 하얀 앵두꽃이 삭막했던 수돗가의 풍경을 바꾸어 놓았다. 화신의 마력인가. 담장에 덩굴장미도 자태를 뽐내며 피어나 수돗가는 어느새 멋진 정원으로 변신했다.

따사로운 봄 햇살을 받으며 좁은 툇마루에 걸터앉아 피어난 꽃들을 바라보면 마음이 편안했다. 어설픈 자취 생활에 적응하느라 움츠렸던 마음을 봄기운이 녹여 주었다. 학교생활이 점점 더 익숙해지자 자취방에는 새로 사귄 친구들의 출입이 잦았다. 친구와 함께 있는 것만으로 즐거운 시절이었다. 시나브로 유월이 왔다. 꽃잎은 떨어지고 아가의 볼 살처럼 탱글탱글한 앵두가 붉게 익어갔다. 친구는 하루가 멀다고 내 집 드나들듯 몰려왔다. 주인 아주머니는 잦은 친구들의 발걸음을 못마땅하게 생각했다. 익어가는 앵두가 걱정되어서일까. 아니면, 자식을 둔 부모로서 노파심 때문일까. 전에 없이 카랑카랑한 목소리가 자취방 문지방을 넘나들었다.

"미경아, 앵두에 약 쳤다. 따먹지 말거라."

약 탓인가. 친구들은 숱하게 드나들어도 앵두에 손을 대지 않았다. 앵두는 특유의 파란 잎과 고운 자태를 뽐내며 탐스럽게 익어갔다. 나만의 비밀을 간직한 채 앵두가 익어가는 과정을 지켜보는 것은 남다른 즐거움이었다. 학교가 파하면, 주인이라도 되는 양 앵두를 쳐다보는 것이 일상이 되었다. 나무에 뿌린 하얀 가루는 해충을 방지하는 약이 아니라 밀가루라는 것을 나는 뻔히 알고 있었다. 주인이 집을 비운 날 마음만 먹으면 언제든 한 움큼쯤 앵두를 따 먹을 수도 있지만 양심의 경계를 넘지 않았다. 오히려 호기롭고 충동적인 친구들이 공모를 일으킬까 봐 마음을 졸이기까지 하였다. 그러던 어느 날 학교에서 돌아오니 앵두는 몽땅 사라지고 빈 가지만 남아 있었다. 마음만 먹으면 언제든 주인의 눈을 피해 따먹을 수 있었던 앵두가 시야에서 사라지고 없어서일까. 아니면 비밀스런 관심의 대상이 사라져버렸기 때문일까? 배고픈 자취생의 침샘을 자극해도 꾹 참고 따먹지 않았던 인내의 끝에 패자가 된 듯 허탈함이 밀려왔다. 진정한 수확을 위해 자신과 친구들로부터 앵두를 지키고자 노심초사했던 나의 마음을 주인 아주머니는 정녕 모르리라.

서운한 심사로 자취방 천장을 쳐다보며 드러누웠는데 아주머니가 "학생" 하고 불렀다. 문을 열고 툇마루로 나가니 그녀는 잘 익은 앵두를 양은그릇에 소복이 담아서 친구와 함께 먹으라고 내민다. 무슨 심사인가. 앵두나무에 뿌린 것이 '밀가루'라고 끝내 사실을 말하지 않으며 야릇한 미소만 남기고 돌아섰다.

어느덧 30년이라는 세월이 지났건만 그때의 기억은 지금도 생생하다. 앵두가 농익기를 기다리면서 서로 비밀을 지키며 경계를 넘지 않았던 그날의 미소를 떠올려 본다. 다시 돌아갈 수 없지만 소중한 추억임이 틀림없다. 사회생활을 하면서 금방 취할 수 있는 순간의 유혹과 이익 때문에 성급하게 내린 결정이 많았다. 기다림의 시간은 성숙의 시간이다. 설익은 앵두가 붉고 탱글탱글하게 익기를 기다리듯 세상 이치도 다를 바가 없음을 느낀다. 섣부른 욕심을 버리고 삶이 더 아름다울 수 있도록 밀가루를 뿌려 경계하는 인내가 필요하리라. 디지털 시대는 아날로그적 기다림과 여유가 없는 세상이다. 앵두가 열리는 계절만이라도 가끔씩 자취방 문지방을 넘어오던 말을 되새기면 좋겠다.

"앵두에 약 쳤다 따먹지 말거라."

틈

올해는 연이어 세 개의 태풍이 한반도를 지나가며 큰 피해를 남겼다. 태풍이 오기 전 생물들은 본능적으로 모든 감각 기관을 통해 이상 기후를 감지하고 미리 대피한다. 우리는 종종 무리를 지어 바쁘게 이동하는 개미를 통해 미물도 생명 유지를 위해 미리 대비하는 장면을 목격할 수 있다. 최첨단 과학의 발달은 인공위성이 촬영한 사진을 분석하여 기상 정보를 제공하고 재난에 대비할 틈을 준다. 태풍이 도달하기 전에 미리 철저한 대비를 한다면 최소한의 피해는 줄일 수 있을 것이다.

한차례 태풍이 지나간 가을의 길목에서 갑작스럽게 친구가 죽었다는 비보를 받았다. 평소 우리 중에서도 가장 젊어 보이고 건강에 문제가 없어 보였던지라 졸지에 일어난 그의 죽음이 도무지 믿어지지 않았다. 황망한 마음으로 청주에 있는 모 병원 영안실에 달려가니 죽은 자는 말이 없고 산자의 슬픔만이 영안실을 휘돌았다. 향을 사르고 재배를 올린 다음 이승과 저승이 극명하게 갈린 분향소에서 환하게 웃고 있는 친구의 영정 사진을 바라보니 어처구니가 없었다. 그의 형이 동생의 죽마고우인 나에게 자책감과 절망감으로 자초지종 말을 이었다. 사망 당일 친구는 숨이 가빠서 병원 응급실을 찾았다가 목숨을 잃고 말았단다.

친구가 병원에 도착해서 사망에 이르기까지는 두 시간이 있었다. 하지만 누구도 그 소중한 시간에 생명을 유지하는 데 도움을 주지 못했음이 밝혀졌다. 그가 응급실에 도착했을 때는 당직 의사가 없었다. 간호사가 산소마스크를 씌워놓고 의사를 불렀지만, 의사는 금방 달려오지 않았다. 그 시간 남편이 돌아오지 않자 아내가 찾아가서 다른 병원으로 가겠다고 했지만 소용이 없었다. 당직 의사의 서명 없이 안 된다며 무작정 기다리게 하였다. 아무런 처치도 없이 두 시간이 지난 뒤 당직 의사가 나타났다. 의사는 환자의 상태가 심각한 것으로 판단하고 기도 확장 수술을 하기 위해 수면 유도제를 놓는 순간 모든 것이 정지되어 버렸다고 한다. 적절한 처치만 했더라만 건질 수 있었던 한 생명이 허무하게 목숨을 잃어버린 것이다.

우리 모임의 명칭은 '죽지회'이다. 대나무처럼 곧은 마음으로 우정을 지키자며 붙인 이름이다. 열 명의 친구가 해마다 두 번씩 만나 왔었다. 6개월 전 모임에서 술잔을 부딪치며 정을 나누던 친구의 모습이 눈에 선하였다. 영정 앞에서 망연자실 쓰러져 있는 그의 아내에게 무어라 위로의 말조차 할 수 없었다. 그럴 리가 없다고 아무리 도리질을 하여도 친구는 다시는 돌아올 수 없는 먼길을 떠나버렸다.

　뜬눈으로 밤을 보냈건만 새벽은 무심하게도 밝아왔다. 이별의 시간이다. 살아온 삶과는 어울리지 않을 정도로 품격과 위엄을 갖춘 검은색 리무진에 망자의 관이 실렸다. 나는 창백한 국화 한 송이를 관 위에 올려놓으며 친구의 명복을 빌었다. 이승을 지나 저승에 이르듯이 상장터널을 지나 산중턱에 있는 화장장에 도착하였다. 육신을 소각하는 고로의 불빛은 한 인간의 치열했던 생애 따위는 아무 상관도 없다는 듯 혀를 날름거렸다. 관을 두드리며 남편의 영혼을 깨우려는 통탄과 오열도 고로의 열기 속에서 한 생애를 지탱했던 육신과 함께 서서히 녹아내렸다. 친구는 사랑하는 가족에게 한 마디 유언도 남기지 못하고 한 줌 재가 되어버렸다. 죽마고우를 잃어버린 허전함과 비통함도 눈물조차 흘리지 못한 채 퀭한 눈으로 자식을 떠나보내는 그의 어머니 앞에서는 산자의 호강일 뿐이었다.

친구가 떠난 슬픔을 뒤로하고 다시 일상으로 돌아왔다. 줄 곧 앞만 보고 열심히 살아온 그의 삶이 너무 허무하다는 생각이 들었다. 늘 빈틈없이 살려고 노력했지만 오히려 그것이 죽음에 이르는 지름길이 아니었나 하는 생각이 들었다. 잘 살아보려고 잠시의 여유도 없이 살아온 것이 오히려 화를 불렀다. 생물을 다루는 장사는 시간과의 전쟁이다. 동해에서 대게를 받아 밤잠을 설쳐서 거래처에 공급해주다 보니 늘 시간에 쫓기며 살았다. 6개월에 한 번 있는 모임도 항상 배달이 끝나는 늦은 시간에 청주에서 대구로 달려오곤 했었다. 어쩌면 친구에게 있어 틈이란 호사스런 단어에 불과한 시간이었을 것이다.

틈은 잠시의 여유이자 더듬이를 작동하는 시간이다. 자기 몸이 전해주는 신호를 듣고 대비하는 시간이 틈이라는 생각이 든다. 친구의 사인은 뒤늦은 응급처치로 인한 의료 과실도 있지만, 사업에 몰두하면서 지나친 흡연으로 말미암은 기관지 천식이 문제였다. 그 아내의 말에 의하면 잔기침을 많이 하였다고 한다. 그것은 인체가 주의하라고 보채는 최소한의 이상 신호였는데 친구는 그것을 무시했던 것 같다.

우리의 일상에는 고비마다 틈이 존재한다. 우주 질서에 따라 계절이 바뀔 때는 물론이고 인생의 중요한 순간마다 한숨 돌릴 겨를이 있었다. 더러는 자투리 같은 시간이라며 외면해

버리고 소중하게 생각하지 않았을지도 모른다. 졸업하고 진학하기 전이나 취업 전, 결혼하기 전, 여행 가방을 꾸려놓고 떠나기 전에 자신을 돌아볼 시간이 있다. 점심을 먹고 오후 일과가 시작되기 전 나른한 시간에 커피 한 잔도 틈이 주는 여유이다. 고비마다 자신을 돌아보는 시간이 꼭 필요할 것 같다. 특히나 몸이 주는 이상 신호가 감지되면 주저 없이 받아들여 휴식을 취하거나 건강 검진을 받아볼 일이다. 잠시 틈을 내어 미리 대비한다면 사랑하는 가족에게 한 마디 말도 남기지 못하고 갑작스럽게 세상을 떠나지는 않을 터이다.

태풍이 지나간 가을 하늘이 높고 맑다. 시리도록 푸른 청잣빛 하늘을 대나무처럼 곧은 우정을 지키자던 친구, 졸지에 세상을 등진 무심한 그 '자슥'과 함께 올려다볼 수 있다면 얼마나 좋을까.

꽃밭

세월은 무심해서 무섭다. 온다간다 말도 없고,
맹수처럼 날카로운 이빨을 드러내지 않는다.
소리 없이 무정하게 인간의 육신과 영혼을 늙고 병들게 한다.
나이가 많아지면 인체의 축이 되는 관절도 나사가 풀리고
고장 난 기계처럼 덜커덩거린다.

2부
꽃밭

애매한 동거

어느 통신회사에 근무하는 여인의 전화를 받았다. 그녀의 전격적인 꼬드김과 중매로 수십만 원의 몸값을 지급하고 동거가 시작되었다. 세상에 공짜가 있겠는가. 동거 비용으로 청구하는 금액은 월평균 오만 원이다. 휴일도 국경일도 없는 애첩 노릇에 인색하다고 타박이라도 하련만 함부로 약정을 어기지는 않았다. 가끔은 "배고파요."를 부르짖지만 대수롭지 않게 생각한다. 이유인즉 그는 충전된 에너지만 고집하는 편식가이기 때문이다.

요즘 들어 그는 나날이 쇠퇴해가는 옆지기의 기억력 탓으로 업무가 더 가중되었다. 꼼꼼히 일정을 챙겨주고, 길안내 임무를 맡기도 한다. 너무 의지하려는 옆지기 때문에 수시로 신열이 오르내리는 것을 보면 명대로 살 수 있을지 걱정이다.

뿐만이 아니라 정보인식능력이 부족하다며 퇴기 취급받을까 이 눈치 저 눈치를 보기도 한다. 짬짬이 최신 버전으로 업그레이드 하여 동거를 유지하려는 마음이 가상하다.

그는 손때 묻은 정을 미끼로 인정머리 없고 사무적인 경우도 있다. 몸이 젖은 솜처럼 무거운 아침에도 단 한 치 양보와 오차 없이 모닝콜을 울려댄다. 일어나기 귀찮아 이불 속으로 파고들기라도 할까 봐 날짜와 시간까지 들먹이며 보챈다. 융통성이라곤 찾아 볼 수조차 없다. 유별난 여인네의 바가지 등살이 이보다 심할까.

출근 시 그를 제일 먼저 챙긴다. 곁에 없으면 손도 마음도 허전하다. 언제부터인지 몰라도 떨어지면 일상생활을 할 수 없을 것처럼 되어버렸다. 오죽하면 화장실에 갈 때도 동행할까. 동거를 넘어 분신이라고 해야 더 어울릴 지경이다. 그의 역할은 다 열거할 수 없을 정도로 많지만, 그중에서도 급한 상황에 부닥칠 때 돋보인다. 출근길에 애마가 고장나서 긴급 서비스를 이용한 적이 있다. 그가 저장해둔 정보로 직접 도움을 요청하니 위치 추적을 해도 되느냐고 묻는다. 출근을 서둘러야 하는 급한 상황에 얼른 동의했더니 발신 위치를 알아내고 손쉽게 찾아와 서비스해 준다. 초행길을 설명하지 않아도 알아서 찾아오는 서비스가 신기하다. 그가 옆에 있기에 가능한 일이다. 그는 그물처럼 섬세한 정보망으로 혁혁한 공을 세우고도 아부하지 않는다.

고립무원의 산중이나 인적 끊긴 낯선 해안에서도 그를 곁에 두면 마음이 든든하다. 거리에 낙엽이 바스락거리고 스산한 바람이 불 때, 오봉산에 올라 금호강 낙조를 바라볼 때, 궂은비가 추적추적 내릴 때 내 시선은 자주 그에게 멈춘다. 주름지지 않은 감성 탓인지 막연한 그리움인지 알 수가 없다. 이런 날 온종일 침묵하는 그를 보노라면 왠지 야속하다. 차라리 옆에 없다면 아득하게 그리운 이의 목소리를 생각해내지 못했을지도 모른다. 피그말리온 효과인가. '삐~리' 문자가 날아온다. 반갑게 확인을 누르니 그리운 목소리 대신 대출 메시지다. 황망하다. 생각 같아서는 당장 볼기짝이라도 치고 싶지만, 함부로 대할 수 없다. 성질대로 하면 내 모든 인적 정보와 계획된 일정들이 한순간 물거품이 되어버린다.

분신 같은 그에게 결점이 있다는 것은 안타까운 일이다. 옆지기의 일상을 다 알고 있음에도 비밀을 보장할 수 없단다. 문명의 부산물인 그가 비밀을 폭로하는 어리석음을 범할 수야 없으리라. 하지만 누군가 마음만 먹으면 감추고 싶은 이야기와 모든 통화 내용을 알 수 있다니 유감이다. 사적인 일상이 드러나는 것은 불편한 일이다. 범죄 수사에 휴대전화번호를 조회하는 것은 상식 수준이 되었다. 손전화가 있는 곳에 사람이 있다는 등식의 성립을 어떻게 받아들여야 할지 고민스럽다.

　그뿐인가. 편리하다는 이유만으로 너무 잦은 형식적인 언어를 남발한다. 마음이 담기지 않은 말은 식상하다. 간절함과 애절함이 사라져 버리고 빈 껍질 같은 언어들만 난무하는 시대이다. 출처가 묘연한 전자 언어와 폭력적 언어는 아름다운 우리말을 파괴하고 있다. '불금'이 뭔지 모르는 엄마를 시대에 뒤떨어졌다고 무시하는 세상이다. '불금'은 '불타는 금요일'을 줄여서 하는 말이란다. 뿐만이 아니다. 청소년들은 그의 달콤한 유혹에 빠져 인생을 망치기도 한다. 일시적인 유희에 빠져 자기를 통제하지 못하는 경우를 종종 목격한다. 약정 위반으로 과도한 청구금액을 감당하지 못하고 빚쟁이로 몰리어 스스로 목숨을 담보하는 일이 일어나기도 한다. 남녀노소 가리지 않고 인기를 누리며 스마트하다는 그를 무작정 멀리할 노릇도 아니니 아이러니가 아닐 수 없다.

　살아 있는 생물체는 자기 방어와 안전에 대한 욕구가 있다. 인간은 더욱 그러하다. 한시도 떨어질 수 없는 필연적인 동거라 하더라도 심리적인 거리 유지가 필요하다. 신앙도 마찬가지이다. 무조건적인 맹신은 자신과 가정을 파괴하고 사회의 악이 되기도 한다. 나와 그 사이에도 보편적인 원리가 적용된다. 그와 서먹한 사이가 되더라도 내 일상에 지장이 없을 만큼의 거리를 두고 싶다. 삶이 힘겹고 헛헛해도 잠시 그의 손을 뿌리치고 고독이 밀려오는 길목에 서 있겠다. 눈에 보이는 경계가 없고 가늠하기 애매한 동거라 할지라도 편리함을 빙자해 주객이 뒤바뀌는 바보가 되기는 싫으니까.

그가 부른다, 반가워서 확인을 누르니 대리운전 메시지다.

'쳇, 오늘 누가 술 마신데.'

복코의 반란

코를 고는 습관이 있다. 평소보다 피곤하거나 술을 많이 마신 경우이다. 혼자일 때는 괜찮아도 여행지에서 단체로 숙식할 때는 주위 사람에게 피해를 주지 않을까 은근히 걱정된다. 타인과 숙소를 함께 쓸 때는 절주가 최선의 방법이다. 하지만 가까운 지인이나 직장 동료와 마음을 터놓고 술잔을 기울이다 보면 적당히 마시기 쉽지 않다. 술이라는 음식은 권하는 맛에 마시기도 하고 분위기에 따라 거절하기 어려운 경우도 있기 때문이다.

젊었을 때는 웬만큼 술을 마셔도 코골이와는 거리가 멀었다. 아무리 힘들고 피곤해도 숨소리조차 들리지 않는다고 했다. 나이 탓인가. 오십 줄에 들어서자 어느 순간부터 아내의 핀잔이 시작되었다. "술 좀 적당히 마시고 코 좀 엔간히 골아요. 옆 사람 잠 좀 잡시다."라며 해가 갈수록 잔소리가 잦아진다. 술 마시는 나름의 이유는 들어보지도 않고 무작정 나무라기 일쑤다. 급기야 요즘은 술이 과하다 싶으면 코골이로 낙인찍혀 거실이나 다른 방으로 내몰리는 신세로 전락해버렸다.

나는 왜 술이 좋을까. 이유라고 하기에는 과학적 근거가 불충분하지만, 아버지와 그 윗대의 영향이 크다고 생각한다. 아버지는 무골호인으로 가정에서보다는 이웃 사람에게 인기가 좋았었다. 태생적이라고 할 만큼 구분 없이 사람을 좋아하다 보니 자연히 약주를 드시는 횟수가 잦았다. 뿐만 아니라 약주를 많이 드시면 어김없이 코를 골며 주무셨다. 나는 어릴 때 아버지의 모습을 보면서 어른이 되면 술을 많이 마시거나 코를 골지는 않겠다고 마음의 각오를 다지곤 했다.

나도 어느덧 여러 해 전에 돌아가신 아버지 나이가 되었다. 어렸을 때 당신을 닮지 않겠는 각오는 빛이 바래고 점점 판박이처럼 생전의 당신 모습을 닮아 가고 있다. 집보다는 밖에서 더 인기가 좋고 후한 점수를 얻는 것도 똑같다. 당신처럼 사람을 좋아하다 보니 음주 횟수도 잦고 심심찮게 코를 골아서 아내를 성가시게 한다.

아내가 코를 곤다. 드르렁드르렁 요란한 소리를 내다가 숨이 끊어질 듯 컥컥 무호흡 상태에 이르기도 한다. 금방 그칠 것 같아 깨우지 않고 지켜보지만 쉽게 멈추지 않는다. 코를 곤다며 나에게 핀잔을 주더니만 정작 자기가 더 심하게 코를 곤다. 그 모습을 바라보자니 연민의 정을 느낀다. 자기는 천년만년 숲속에 잠자는 공주처럼 고아하게 주무시는 줄 착각했겠지만 무심한 세월은 결코 아내를 비켜가지 않았다. 세월을 탓해야 하는가. 코를 심하게 고는 이유는 기도가 좁아지는 의학적인 요인 이외에도 여러 가지 원인이 있겠지만, 나이가 들어가면서 인체의 기능이 퇴화하여 오는 영향이 많을 것으로 생각해 본다.

아내는 이목구비가 뚜렷하다. 그중에서도 코를 제일 자랑으로 삼는다. 솔직히 여느 성형 미인들처럼 오뚝하고 예쁜 코와는 거리가 좀 있다. 콧대는 높아도 코볼이 두루 뭉실하다. 이런 코를 두고 흔히들 복코라고 하는 모양이다. 아내의 말에 의하면 "어떤 점쟁이가 내 코를 보더니 코 덕분에 남편이 의식주 걱정없이 잘 먹고 잘 산다."라고 했다며 은근히 코 자랑을 하였다. 점쟁이 말을 무작정 믿기도 어려워 그냥 귓등으로 들었다.

조용한 새벽이다. 아내는 작정이라도 한 듯 요란한 소리를 내면서 코를 곤다. 가족을 위해 헌신적인 자신의 희생에 답하지 못했다며 잔뜩 화가 나 복코를 앞세워 시위라도 하는 모양이다. 여태 넉넉하지는 못해도 밥 먹고 사는 것은 아내의 복코 덕분이 아니라 부지런히 일한 결과라 생각했다. 그런데 곤하게 코를 골고 깊은 잠에 빠진 아내의 모습을 물끄러미 바라보노라니 아내의 지난했던 삶에 마음이 아려온다. 형편이 어려운 시골 가정에서 태어나고 자라면서 희생을 운명처럼 끌어안고 어린 시절을 보낸 아내이다. 부족한 나를 만나 결혼을 하고서도 힘들게 가정을 꾸려 왔으니 오죽이나 마음고생을 하면서 살았을까. 천성적으로 사람 만나는 걸 좋아하다 보니 집보다는 밖에서 후한 점수를 받으며 살아온 남편 때문에도 숱한 속을 끓이며 살았을 터이다.

아내는 모임에 잘 나가지 않는다. 소꿉친구들이 만나는 초등학교 동창회도 두서너 번 다녀왔을 뿐이다. 천성적으로 밖으로 나가기 싫어하는 성격이 아님에도 가족을 위해 가능한 모임에 나가지 않는다. 귀에 딱지가 앉을 정도로 아내의 잔소리를 들으며 살아왔다. 스스로 생각해도 잔소리를 들을 만했다. 그럼에도 내가 사람이 좋아 만나고 다니는 습관은 지금도 별로 달라진 것이 없다. 꼭 하지 않아도 되는 모임은 그만두려고 해도 모임 하나를 줄이면 또 하나의 모임이 생기는 꼴이 되어 주중에 두서너 번은 귀가가 늦어진다. 다른 일에는 딱 끊고 맺는 성격이면서도 누가 만나자면 잘 거절하지 못하는 것도 병이라면 병이다.

아내도 잔소리를 포기하지 않는다. 이제는 지칠 법도 한데 결코 포기하지 않는 마음이 애달프다. 아마도 술 마시는 횟수에 따라 잔소리도 비례하는 것 같다. 한결같은 그 마음에 절반이라도 응답하면서 살면 좋으련만, 습관은 호랑이보다 더 무서운 것임을 몸소 느낀다. 아내는 이제 새로운 작전에 돌입한 모양이다. 잔소리만으로는 해결이 어렵다 싶었는지 '이에는 이 눈에는 눈'이라는 식으로 직접 코를 골기로 한 모양이다. 다시 말해 복코의 반란이 시작되었다고나 할까.

예전에는 몰랐다. 부창부수 코를 골게 될 줄은 꿈에서조차 몰랐다. 나의 생활 습관이 바뀌고 가정에 좀 더 충실하게 된다면 복코는 노여움을 풀까. 지난 시절의 침실처럼 코골이가 사라지고 조용한 평화의 밤이 유지되기를 고대해 본다.

명함

예식장에서 우연히 그를 만났다. 갓 쉰을 넘긴 나이에 걸맞게 중후한 모습은 얼핏 보기에도 관록이 묻어나 보였다. 그는 반갑게 악수를 청하며 의기양양하게 명함을 내밀었다. 집으로 돌아오는 버스 뒷좌석에 앉아 명함을 꺼내어 보았다. 앞, 뒷면에 빼곡하게 적힌 이력을 하나라도 놓칠세라 꼼꼼히 읽어 보았다. 화려한 직위와 직책이 적힌 그의 이력을 대하니 나 자신이 무능하고 초라한 느낌이 들었다.

급기야 그가 남기고 간 말이 수면으로 떠오르더니 가라앉을 줄 모른다. "곧 추진되고 있는 사업이 있다."라고 했던가. 그 한 마디가 자꾸만 귓전에 맴돈다. 청탁이라도 한 번 해볼까라는 얄궂은 마음이 평온하던 일상을 온통 불편하게 만든다. 몇 해 동안 소원하게 지내긴 했지만 한때는 동문수학한

학우였고, 그가 어려울 때 약간의 선의를 베푼 적도 있지 않은가. 부탁을 떠나서 연락 한번 해보는 것은 별 무리가 없을 것 같았다. 출세가도를 달려온 그의 입지와 세상인심이 달라졌다고 하더라도 사람의 마음이 쉽게 변하지 않으리라 반신반의하면서 문자를 보냈다. '김 교수님, 만나서 반가웠고 시간이 나면 차 한잔합시다.'라고 은근한 기대를 하면서 메시지를 보냈지만 아무런 답장이 없었다.

좀 서운한 생각이 들었다. 내가 보낸 문자가 스팸 문자 취급당했을 수도 있다는 느낌이 들자 왠지 모를 배신감이 밀려왔다. 사람의 인정이 그렇게 쉬이 변했을까. 확인하고 싶은 것은 무슨 조화던가. 불편한 마음의 찌꺼기가 채 가시기도 전에 그가 추진하는 사업에 구직을 희망하는 후배의 연락을 받았다. 청탁도 청탁이려니와 괜스레 오해받는 것보다는 물어보는 것도 괜찮다 싶어 전화를 했다. 그는 다정스럽게 전화를 받았지만, 우회적으로 물어 보는 말에 싸늘하게 목소리가 달라졌다. 그만한 위치에 있으면 얼마나 많은 청탁을 받았으랴. 그를 이해하지 못하는 것은 아니지만, 싫은 내색이 다분히 배인 목소리는 전화를 끊은 후에도 마음을 무겁게 했다.

명함은 자신을 드러내는 얼굴이다. 신분과 주소, 연락처가 담겨 있으며 타인에게 건네는 행위는 소통을 위한 수단이다. 그러므로 아무리 자신의 직책에 걸맞은 명함이라도 받은 사람과 소통의 단절이 온다면 종잇조각에 다름없는 것이리라. 그의 사무적인 태도 때문인지, 상대적 열등감 때문인지 다시 연락하기는 힘들 것 같다. 명함의 순기능은 무엇인가. 차라리 명함을 받지 않았다면 지난날의 좋은 기억만 간직하며 살았을 것이다. 그가 어려웠을 때 내가 베푼 약간의 선의를 아름다운 우정이라 생각했을 테고 승승장구하는 소식을 먼발치에서 전해 듣는 것만으로 기뻐했을 것이다. 내 마음과 달리 청탁이나 하는 사람으로 비치어 기분이 씁쓸하다. 장맛비가 오락가락하는 무더운 날씨처럼 답답하다.

명함이 권위나 명예를 과시하는 수단으로 사용하는 것은 아닐 것이다. 명함철에 빼곡하게 꽂힌 수많은 명함의 이력이 모두 일상의 삶과 연결될 수야 없는 노릇이지만 최소한 의사소통의 도구로서 순기능에 더 무게를 두었으면 좋겠다.

요즘 어디를 가나 명함 한 장 주고받는 것은 일상처럼 통용되지만 늘 받기만 하는 축이다. 명함을 함부로 내밀지 못하는 이유는 이름을 수식하는 화려한 직함이 없어서만은 아니다. 한 분야에서 일가를 이루었다고 자부할 만큼의 자긍심이 모자란 탓도 있고, 내가 건네고 싶은 명함이 따로 있기 때문이다. 명함만 번듯하게 치장하여 자신을 과대포장하는 것은 원치 않는다. 직장에서 찍어준 명함 한 통도 오 년이 넘도록 다 사용하지 못했다.

언젠가 만나는 사람마다 주고 싶은 명함이 있다. 이름 앞에 들어가는 수식이나 직위 대신 수필가라는 소통의 도구로써 명함을 만들어 마음을 나누고 싶다. 화전을 개간하는 마음으로 글밭을 일구고 여문 수필의 씨를 파종하여 알곡을 추수하듯이 좋은 글로 인연이 맺기를 기대해 본다. 사람과 자연, 사람과 사람의 마음이 닿는 수필집 한 권에 명함 한 장 내밀면 과욕일까.

꽃밭

누구보다 먼저 출근한다. 물리치료실에는 입원해 계시는 할머니들이 이른 아침부터 기다리고 있다. 똑같은 파마머리 헤어스타일에 환자복을 입고 해바라기 하듯이 옹기종기 앉아 있다. 그 모습이 양지바른 곳에 핀 할미꽃을 닮았다. 자칭 할미꽃이라고 말하는 할머니들은 "할미꽃도 꽃"이라며 나 보고 꽃밭에 근무하는 사람이니 축복받았다고 한다. 그렇다. 애써 부정할 생각은 없다. 밭이랑처럼 패인 주름진 얼굴도 가만히 들여다보면 젊은 시절의 고운 자태가 자분자분 묻어난다. 일부러 곱게 보려 애쓰지 않아도 동화되어 지내다 보니 자연스럽게 느껴지는 것이다.

"나이 들면 어린애가 된다."라는 말이 있다. 대기 순서를 무시하고 먼저 해달라고 억지를 부리거나 터무니없이 트집을 잡으며 동료 치료사를 힘들게도 한다. 그런 모습을 보면 좀 답답할 때도 있지만, 연로한 환자들의 마음을 다치지 않으면서 원만하게 업무를 처리하는 나만의 방식이 있다. 삼십 년 가까이 근무하면서 저절로 터득한 것이다. "저기요, 오늘은 번호 순서가 아니라 예쁜 순서로 치료해 드립니다."라고 하면 모두 한바탕 웃고 넘어간다.

어른들의 셈법은 고무줄 같으며 누룽지처럼 구수함이 있다. 몇 번 치료했느냐고 물어보면 "두서너 번"이라고 대답한다. 두 번인지, 세 번인지, 네 번인지는 정확하게 알 수는 없지만 딱 맞아떨어지는 계산만이 능사는 아닌 것 같다. 다소 억지를 부려도 어려운 환경에서 자식을 길러낸 어머니의 고단한 삶의 흔적이라 생각하면 정겹고도 눈물겹다. 가난한 형편에 여러 남매를 옹골지게 길러 낸 위대한 어머니의 힘은 바로 억척스러움이 아닐까. 가족과 자식을 위해 희생과 헌신적 삶을 사느라 피골이 상접한 고목 같은 몸피를 대하면 절로 숙연해지는 것이다.

"찬바람 몰아치던 겨울이 가고 / 눈 녹은 산과 들에 봄이 오면 / 무덤가에 피어나는 할미꽃이여 / 누구를 기다리다 꽃이 되었나. / 산 너머 저 마을에 살고 있는 / 그리운 막내딸을 기다리다가 / 외로이 고개 숙인 할미꽃이여 / 무엇이 서러워서 꽃이 되었나."

할미꽃 전설을 담은 노래 가사가 우리 어머니의 삶을 대변하는 것 같다.

세월은 무심해서 무섭다. 온다간다 말도 없고, 맹수처럼 날카로운 이빨을 드러내지 않는다. 소리 없이 무정하게 인간의 육신과 영혼을 늙고 병들게 한다. 나이가 많아지면 인체의 축이 되는 관절도 나사가 풀리고 고장난 기계처럼 덜커덩거린다. 튼튼하던 관절이 풀벌레가 풀잎을 갉아 먹은 것처럼 닳은 흔적을 보면 세월 앞에 장사 없다는 말이 실감 난다. 무릎 관절이 닳아서 활처럼 휘어지게 되면 중심을 잃고 오리처럼 뒤뚱거리며 걷는다. 대부분이 걸음조차 제대로 걸을 수 없는 지경에 이르러서야 인공 관절 수술을 한다. 가족을 돌보느라 호미로 막을 것을 가래로 막은 셈이다.

평생 집을 떠나본 적이 없는 촌로는 수술 후 병실 생활에 많은 어려움을 느낀다. 숫자를 몰라서 승강기 이용조차 힘들어 하기도 한다. 단체 생활에 익숙하지 못해 불편함이 이만저만 아니다. 대부분 병상 생활을 하면서도 집 걱정 자식 걱정이 끊이지 않는다. 입원 환자 중에는 국외여행 간다고 핑계를 대고 자식들 몰래 수술한 환자도 있었다. 가없는 어버이의 사랑을 어찌 말로 표현할 수 있으랴.

근무 중에 가장 빈번하게 듣는 말이 '아이고 죽겠다.'이다. 아침에 출근해서 퇴근할 때까지 '아이고 죽겠다.'는 소리를 백 번쯤 들어야 한다. 죽겠다는 말은 '살고 싶다'는 간절함이 아닐까. 살겠다는 말보다는 죽겠다는 강한 부정의 말을 함으로써 오래 살고 싶다는 욕망을 표현한다. 누구를 위해 살아온 모진 세월이던가. 삶에 대한 애착이 강한 환자들을 보면 안타까운 마음이 든다. 가족을 위해 힘든 인생의 고비를 넘기고 이제 좀 뒤돌아 볼 여유가 생겼는데 아파서 활동을 못 하거나 생을 마감한다면 억울하리라.

'잃어버린 세월 닳아버린 관절을 돌려 드린다.'라는 마음으로 하루를 시작한다. 잃어버린 세월을 어떻게 돌려주느냐고 따져 묻는다면 딱히 할 말이 없다. 지난 세월을 보상받으려면 남은 세월이라도 마음대로 다니고 즐겁게 살아야 하리라. 인공관절 수술 후 2개월이 지나면 웬만큼 다닐 수 있다. 원래 관절보다는 못하지만 통증 없이 다닐 수 있는 것만으로도 다행이 아닐까. 보행이 자유롭다고 잃어버린 시간을 보상받을 수 없어도 가고 싶을 때 의지대로 갈 수 있다는 것만으로 삶의 질은 달라질 것이다. 다리가 불편해 보지 않으면 걷는 것이 얼마나 큰 행복인지 잘 모른다.

환자가 많아 차례를 기다리는 시간이 길어지면 지루하다고 짜증을 낸다. 이때가 벌이 꽃밭으로 날아가야 하는 순간이다. 나는 벌이 되어 꽃밭을 휘젓는다. 단조롭고 시름에 겨운 병상 생활에 쌓인 스트레스를 풀어주기 위해 어르신의 수준에 맞는 유머나 농담을 풀어놓는다.

"대구 할매들이 서울 남산 구경을 갔는데예 길을 몰라서 행인에게 남산 개잡아요 하고 물었다 아입니꺼. 그랬더니 서울 사람 대답이 남산 개 안 잡아요 했다네에."

촌철살인 유머가 아니라도 재미나다며 웃어주는 환자들의 얼굴이 환하다. 연로한 어르신들이지만 동화되어 함께 웃다 보면 피곤함을 잊고 하루가 즐겁다. 참 향기 나는 꽃밭이다.

사소한 혁명

두피에 비듬이 생겼다. 비듬은 예고 없이 머리카락에 흰 눈송이를 만든다. 타인의 시선을 끌며 검은 양복에 소리 없이 내려앉아 품위를 구겨도 대수롭지 않게 방치하며 살았다. 특별히 문제의식도 없고, 발상의 전환도 없었다. 매일 반복되는 무미건조한 삶처럼 그냥 내버려 두면 좋아지리라는 생각이었다. 인체는 자연 치유력이 있다는 것쯤 익히 들어본지라 '긁어 부스럼만 아니라면 비듬이 뭐 대순가.'라는 정도였다.

계절이 두 번 바뀌어도 두피의 가려움증은 여전하다. 비듬은 절기를 잊은 채 눈송이처럼 내려앉아 개선의 기미가 없다. 긁어 부스럼을 만들지 말자는 생각은 말처럼 쉬운 것이 아니었다. 근질거림을 참을 수 없을 때는 손톱으로 조심스럽게 긁어낸다. 물고기 비늘 같은 비듬이 손톱에 끼어 나오면 슬며시 주위의 눈치를 봐서 훅 불어서 날려버릴 때의 느낌은 꽉 막힌 굴뚝을 뚫은 것처럼 묘한 시원함이 있다.

돼지 털에 비견할 만큼 뻣뻣했던 머리카락은 세파를 견디지 못해선지 서리 맞은 잎사귀처럼 푸석푸석 윤기가 없다. 또한, 가늠하기 어려울 정도로 미세하게 가늘어져 세면대 가장자리에 보란 듯이 널브러지는 반복된 현상도 두피의 손상과 무관하지는 않으리라.

건강했던 두피의 상실과 비듬의 공생을 쇠퇴해가는 자연치유력에 맡길 것인가. 깊이 판단해 보지 않아도 예측 가능하지만 우선 왜 비듬이 생기게 되었는지 되짚어 생각해 보기로 했다. 수영장 소독수며, 장거리 달리기로 인한 먼지와 땀, 장기간 자외선 노출도 그 원인이 됨직하다. 전염성 질병을 추적하는 역학적인 조사까지는 아니라도 비듬의 원인이 될 만한 행위를 줄이고 긁지 않겠노라는 각오를 새롭게 다져본다.

당장 피부병원으로 달려가지 않은 까닭은 아집이나 미련스러움의 소치가 아니라고 변명하고 싶다. 어떤 행위에 대한 결과, 즉 인과율에 의한 나쁜 습관을 고치려는 의지를 확인해 보는 것도 나태한 자신을 다잡는 기회가 된다. 만약, 의지를 불러 악순환의 고리를 끊고 비듬을 퇴치한다면 그야말로 '일거양득'이 아닌가. 그냥 한 번 시도해보는 것이다. 정말 좋은 결과가 도출된다면 의료보험 재정을 줄이는 데도 일조하고 의지에 대한 확신으로 삶은 더 풍요로워질 것이다. '습관 고치기와 비듬의 자연치유' 참 근사한 논제가 아닌가.

확신도 없지만 불확실함을 신봉하려는 비관적 태도를 버린 다면, 더 많은 가능성이 우리에게 서광이 되기도 한다. 맛있는 음식의 유혹을 버리고, 채식을 고집하는 채식주의도 긍정적인 평가가 주어지는 것을 간과해서는 아니 된다. 유기농 농작물을 생산하는 경우 병충해를 이길 수 있는 환경을 조성해주는 것과 같은 맥락으로 보면 이해가 될 것이다.

항상 그럴듯한 논리만 끌어다 보태는 것은 싫증난다. 논리보다 행동이 변화와 발전을 도모한다. 정수리를 중심으로 좌측 측두엽에 이르기까지 분포된 비듬 지역에 철의 장막을 치고 서슬 퍼런 초병의 경계를 세운다. 42년 독재 정치로 국민 위에 군림했던 리비아의 카다피가 시민군에 쫓겨 지하 하수구에 숨었다가 비참한 최후를 맞았었다. 민중혁명의 승리를 보며 지체의 사소한 혁명을 위해 '비듬퇴치 지령'을 내린다. 이름 하여 비듬퇴치 작전이라고나 할까.

신약 개발에 수조 원을 투자하는 초광속의 시대를 살면서 고전적인 자연치유력을 기대하며 혁명 운운한다는 것이 우스꽝스럽기도 하겠지만, 결심을 번복할 의사는 추호도 없다. 사실 인류는 수많은 도전과 미지를 향한 과학혁명으로 변화와 발전을 거듭해 왔다. 리비아의 시민혁명은 불평등과 억압에 대한 인간의 지각과 자의식에서 비롯되었다. 만약 자신을 일깨우는 자각이 없다면 세상이 변화하거나 달라지지 않을 것이다. 인체도 마찬가지다. 자신의 지체에 대한 변화를 원한다면 그릇된 행위나 굳어진 나쁜 습관을 고치기 위한 자의식이 필요하다.

아주 단순한 행위, 손가락으로 콧구멍이나 귓구멍을 후벼파지 않으려는 것도 같은 맥락에서 더 나은 행동 양식으로 발전 가능하다. 비듬퇴치를 위해 수시로 드나들던 수영장은 일주일에 한 번으로 줄이고 달리기를 할 때는 자외선과 먼지를 차단하기 위해 모자를 착용하며 최소한 자구책을 강구하였다. 두피가 가려울 땐 이를 앙다물고 참는다. 머리를 감을 때도 비듬 지역이 손톱에 긁히지 않도록 최선의 노력을 한다.

항상 가치 있는 일은 그만한 대가를 치러야 하는지. 두 주가 흘러도 비듬 지역의 가려움이 좀처럼 호전될 기미를 보이지 않는다. 주기적으로 사지가 꽈배기처럼 뒤틀릴 정도로 몸서리치게 근지러울 때도 있다. 시행착오가 생길 수도 있다는 불길한 조짐이다. 어쩌면 인내심으로 견뎌야 할 나날이 예상보다 길어지고 실패를 맛보게 될지도 모른다는 예감이 든다. 최소 한 달은 참아 봐야지. 소기의 목적을 달성하지 못할 수도 있겠지만, 기왕이면 자의식의 전환을 가져온 사소한 혁명의 시간이 의미 있는 결실을 소망한다.

지불紙佛의 미소

한여름 청량사는 온통 푸르다. 숙소를 배정받고 사찰복으로 갈아입으니 사뭇 경건해진다. 삼존불이 모셔진 유리보전. 예불에 참례한다. 곁눈질로 삼배 올려 합장하고 지불紙佛인 약사여래불의 상호를 접견한다. 주불을 중심으로 우측에는 삼베로 조성된 문수보살이 좌측에는 목불木佛인 지장보살이 가부좌 대신 한쪽 다리를 편하게 내리고 있다. 형식의 얽매임을 팽개친 지장보살의 파격이 끌림을 준다. 금당에 처음 들어와 보는 낯섦인지 삼존불의 상호가 하나같이 지엄해 보인다.

청량사 기도 스님의 저녁 예불과 계곡을 타고 메아리치던 목탁소리가 그치자 산 그림자 짙게 드리운다. 암흑에서 여러 해 기다린 우화 끝에 절정에 이른 매미의 목청도 슬며시 잦아든다. 산중에 어둠이 깔리자 정적의 시간이다. 하늘과 맞닿은 연봉의 까만 곡선 위로 별 하나둘 빠끔빠끔 얼굴을 내밀다가 어느 순간 헤아릴 수 없이 총총한 별천지로 변한다.

산사가 적요한 시간에 차담茶談이다. 주지 스님은 출타 중이고 미소가 예쁜 사찰 체험 담당 보살님과 참가자가 영화 '워낭소리' 첫 장면으로 기억되는 석탑 앞에 둘러앉는다. "동백꽃은 이른 봄에 가장 먼저 피는 꽃이예요. 그 꽃봉오리 터지면 바로 따서 만든 차랍니다." 다기에 노랗게 우러난 차 한 모금 머금으니 입안 가득 생강향이 전해진다. 다향으로 마음을 열고 유교와 불교문화, 민간신앙의 자취가 깃든 청량산 천 년의 역사와 숨결을 듣는다.

1300백 년 전 청량사 창건 당시의 설화를 간직한 '삼각우총' 무덤 위에 소의 화신인 양 세 갈래로 가지를 뻗은 '삼각우송'이 지나는 바람에 워낭소리를 내는 듯하다. 청량사를 창건한 원효대사와 의상대사 이야기로 찻잔이 식는다. 홍건적의 난을 피해 이 지역으로 몽진 와서 경상북도 유형문화재 47호로 지정된 금당의 '유리보전' 편액扁額을 손수 쓴 공민왕의 심사는 어떠했을까. 노국공주의 사랑과 비애가 천 년의 세월을 거슬러 찌든 나그네 가슴에 저미어온다.

산중의 밤은 적막하다. 적막하여 더 맑은 소리 듣는다. 바람과 물소리는 청아하고 소쩍새 울음은 한이 서린 듯 구슬프다. 청량사 유리보전은 서른세 개의 크고 작은 봉우리가 겹겹이 쌓인 연꽃의 수술자리라고 한다. 그래서일까. 햇빛도 달빛도 한꺼번에 들어오지 못해 암벽의 경사면은 서로 명암이 엇갈린다. 경일봉 능선으로 보름을 갓 넘긴 하현달이 솔가지 사이에 쥐불처럼 타오르더니 연화봉에 드리워진 검은 장막을 걷어낸다. 반면, 금탑봉은 칠흑같이 어둡다.

달이 뜨자 누군가 금당의 문을 연다. 지불의 상호가 낭떠러지 위에 아찔하게 축조된 석탑과 일치를 이룬다. 은은한 달빛을 받으며 이름 모를 두 여인은 약속이나 한 듯 지불을 향해 삼배를 드리고, 고운 손 모아 탑돌이를 한다. 무슨 소원을 비는지 간절함이 묻어난다. 의도하지 않은 관객이 되어 그림 같은 풍경에 시선을 떼지 못한다. 무심해지려 해도 사념이 타올라 탑돌이에 합류한다. 따라 도는 그림자 달빛에 선연하다.

공민왕은 노국공주의 죽음으로 정신병이 들었다지. 사실상 고려의 흥망을 가름했던 왕의 사랑을 사가는 어떻게 기록했을까. 외 청량산 응진전에서 보았던 노국공주와 16나한상의 익살스러운 모습이 석탑 기단의 내 그림자처럼 어른거린다. 신라의 김생은 이곳 동굴에서 십 년 간 글쓰기에 정진해 서성書聖이 되었고, 최치원이며 퇴계 이황의 흔적을 이곳에서 쉬 찾을 수 있는 연유는 무엇인지 궁금증이 더한다. 청량산을 찾아 총명수聰明水를 마시고 과거 시험을 떠났던 유생들은 과연 총명한 삶을 살아 이승의 한이 없었을까. 탑을 돌수록 생각이 꼬리를 물고 번뇌는 깊어진다. 청량사 산신각을 찾은 수많은 민초들의 애달픈 삶은 현세에도 그침이 없건만 유리보전에 모셔진 지불은 침묵의 언어로 세속을 응시할 뿐이다.

자시子時가 되니 달빛은 봉우리 아래로 깊숙이 내려온다. 탑돌이를 하던 여인도 숙소로 들어가고 홀로 남아 하현달과 동무한다. 지천명, 시간의 벌레가 갉아먹어 기우는 하현달과 다를 바 없다는 무상함이 밀려온다. 살아온 날들을 뒤돌아보니 삶의 아픈 조각들이 심중을 할퀴고 지나간다. 남은 생 단순하게 살자고 주문처럼 되뇌며 숙소로 향한다.

'설선당'에서 잠시 눈 붙이고 선잠을 깬다. 청류정 대나무 통으로 흐르는 맑은 물소리에 혼미한 정신을 가다듬고 새벽 예불에 참례하기 위해 유리보전 계단을 오른다. 은은한 달빛이 유리보전 빛바랜 단청에 깃들어 운치를 더한다. 우연을 가장한 필연인가. 객이 나오기를 기다렸다는 듯 잠시 구름에 가렸던 달이 달무리 꽃으로 피어나 연꽃을 연상케 한다. 찰나의 순간 연출되는 대자연의 오묘함에 숨이 멎을 지경이다. 영겁의 시공간 속에 유성처럼 흔적 없이 사라져버린 마주침이 아찔한 인연으로 맴돈다.

기도 스님의 낭랑한 도량석道場釋이 끝나고 새벽 예불에 참례한다. 산속의 정적을 깨는 법고가 울리고 목어, 운판에 이어 범종이 긴 여운을 남긴다. 잠에서 깬 온갖 새들의 지저귐으로 경내가 소란해진다. "아금청정수 / 변위감로다 / 지심귀명례 / 삼계도사"로 이어지는 삼귀의와 반야심경은 중모리에서 자진모리장단으로 넘나든다. 스님의 구성진 예불은 정선 아리랑 가락으로 이나리 강, 물 구비를 유려하게 돌고 돈다.

예불에 심취된 탓일까. 알 수 없는 번뇌의 무게로 마음을 짓누르던 응어리가 풀리고 눈물이 두 볼을 타고 흐른다. 얼마나 지났을까. 마음이 고요하다. 지난밤 번뇌는 봄눈 녹듯 사라지고 자비 가득한 유리광 세계가 펼쳐진다. 처음 접견 때 지엄하던 삼존불의 상호에 비로소 '니르바나'의 미소가 그윽하다. 닥종이, 삼베, 나무로 조성된 삼존불의 보배로움과 그 가치를 이제야 알 듯하다. 유리보전에 모셔진 삼존불은 산촌에서 가장 구하기 흔한 것으로 봉안되었지만, 이 고장 사람들은 그 어떤 금동불보다 더 귀하고 애착이 갔으리라. 아무렴 어떠랴. 저 천년의 미소로 수많은 중생의 희로애락을 지금껏 함께해 오지 않는가.

정갈한 사찰 음식으로 아침 공양을 하고 청량사 맞은편 축융봉 산행에 나섰다. 공민왕이 축조했다는 산성을 따라 오르는 길에 산딸기가 지천이다. 정상에 올라서니 청량산이 한눈에 조망되고 비단결 같은 이나리 강 물결이 굽이돌아 흐른다. 연꽃처럼 겹겹이 쌓인 청량산 봉우리 아래로 청량사 유리보전이 손에 잡힐 듯하다. 간밤 번뇌의 진흙 구덩이에서 심지를 돋우어 연꽃 한 송이 피웠었지. 온화한 지불의 미소가 천년의 향기로 다시 피어남을 느낀다. 인욕人慾을 씻긴 바람이 청량하다.

수필, 그 인연의 가지

나뭇가지처럼 인생살이에도 여러 가지가 있다. 모두 열거하기는 어렵지만 줄여서 말하면 희로애락의 가지이다. 우연과 필연으로 맺어진 가지마다 알찬 열매를 맺으면 좋으련만, 가지는 매서운 세파에 부러지고 꺾이기 마련이다. 힘든 고비를 넘더라도 맺은 인연을 소중하게 생각하며 행복의 열매가 맺기를 소망한다.

지난해 계획표를 만들어 냉장고며 탁상용 달력에 붙여놓고 실행하려고 애쓰며 살았다. 노력이 미치지 못한 부분도 있었지만, 바쁜 가운데서도 더러는 목표를 이루었다. 한 해 계획 중에는 '글쓰기'도 포함되어 있었다. 글쓰기 계획이란 예술이니 문학이니 운운하며 시나 소설 등을 흉내내는 거창하고 주제넘은 것이 아니었다. 밤이 영글어 그 송이가 터지듯 마음속에 품고 품었던 말들이 봇물처럼 터질 때 그저 형식에 구애받지 않고 적어보자는 것이었다. 하지만 아쉽게도 가을이 깊어 가도록 실천에 옮기지 못했다. 복받쳐 오는 말들은 입가에만 맴돌 뿐 언어로 풀어내지 못해 외마디 괴성이라도 지르고 싶은 심정이었다. 시간만 흘렀다. 그 답답함이 오죽했으랴. 술잔을 기울이다 탁자에 엎드려 꺼이꺼이 울고 싶은 심정이랄까.

글쓰기와의 인연인가. 한 해가 저물어가는 마지막 달에 내 마음의 중심을 심하게 흔드는 계기가 찾아왔다. 습관처럼 석간신문을 펼치다가 '수필 아카데미 과정'이라는 활자가 머리기사보다 더 크고 찐하게 코앞에 다가왔다.

느닷없이 찾아온 수필은 교태를 부리는 여인처럼 나를 홀렸다. 그날 이후 삶의 나무에 수필의 가지 하나가 더 보태어졌다. 나의 수필은 토해내고 싶었지만 술잔에 묻혀버렸던 낱말들을 어렵게 조합하는 퍼즐 게임이 되었다. 광맥을 캐듯이 깊이 묻어 두었던 단어를 캐내면 빛나는 보석으로 다듬어져야 하건만 혀끝에서 뱅글뱅글 맴돌기만 하는 설단 현상은 빈번히 인내심을 자극하였다. 급기야는 천신만고 끝에 끊었던 담배라도 뻑뻑 피우고 싶은 심정이었다.

수필 창작 과정을 이수하면 누에고치에 실을 뽑아내듯 글발이 술술 뽑아져 나올 줄 알았다. 붓 가는 대로 마음 가는 대로는 더욱 아니었다. '글쓰기는 창조'라는 말이 실감났다. 컴퓨터 한글 문서의 하얀 여백처럼 머릿속도 하얗게 백지로 변하는 날들이 부지기수다. 어떤 분야에 장인이 되기까지는 뼈를 깎는 아픔이 있어야 한다더니 글쓰기도 마찬가지라는 사실을 깨달았다. 분명히 아픔을 통해 성숙할 수 있으리라. 막연하게나마 희망을 품고 나를 다독인다. 겨울이 지나고 봄이 오면 시냇가 버들가지처럼 수필의 가지에 물이 오르겠지. 아둔하지만 그날이 도래하길 바라며 희망의 끈 하나를 붙잡고 놓지 않으리라. 마중물 한 바가지 붓고 고운 문장을 뿜어 올리려 펌프질을 멈추지 않으면 훗날 수필의 가지에 새순이 돋고 잎이 무성해지기도 할 것이며 열매를 맺고 단풍이 들기도 할 것이다. 또한, 성찰의 계절이 도래하면 나목의 가지에 비바람 눈보라가 몰아치기도 할 것이며 시련을 이겨낸 서정이 고드름처럼 매달릴 것이리라. 아름다운 꽃의 향연도 좋고, 빈 가지에 서설瑞雪도 좋다. 가지에 걸린 그믐달의 풍경도 사랑할 것이다. 새들이 노래하고 어디서 왔는지 알 수 없는 미풍의 흔들림 또한 좋지 아니한가.

　수필의 가지에는 만남과 교감이 있으리라. 자연과 사람, 생물과 무생물 간에도 의미를 찾아내는 깊은 사유가 있으리라. 생각을 드러내어 글로 표현하는 일이 산고를 동반할지라도 사고의 깊이에서 오는 해학과 인생의 철학이 고스란히 녹아나기를 고대한다. 글 속에 세상의 지혜가 담기고 인생의 멋과 맛이 있으면 더없이 좋겠다. 수필의 가지도 하늘로 뻗어 올라갈 것이다. 미지의 공간을 향한 염원이다. 사유는 무한한 자유와 상상의 공간이다. 일상의 뜰에서 마주하는 돌덩이 하나에도 의미를 담아내어 수필의 가지에 매달릴 아름다운 글발을 미리 꿈꾸어 본다.

만약

    만약은 가정이지만 간혹 현실이 되기도 한다. 인생역전을 꿈꾸며 서너 번 로또복권을 산 적이 있었다. 당첨 결과를 기다리는 동안은 기대에 부풀어 부자가 된 기분이었다. 하지만 비교적 확률이 높은 경품 추첨에도 미끄러지는 마당에 복권 당첨은 애초에 폐기 처분된 부도 수표나 마찬가지였다. 길몽을 꾸면 '혹시'라는 심리적 기제가 복권 구매를 부추겼으리라. 내 주변 사람 중에는 만약 복권에 당첨된다면 한밑천 주겠다며 선심성 공약을 자처하는 이가 있다. 그 말을 믿거나 약속에 대한 진정성보다는 립서비스가 기분을 좋게 한다. 통계수치에 의하면 복권 당첨 가능성보다 벼락을 맞거나 암에 걸릴 확률이 더 높다. 받아들이기 싫어도 현실은 냉정하다. 뜬구름을 잡거나 일확천금에 대한 막연한 기대 심리를 버리고 곤경에 처할 경우를 대비하는 것이 더 바람직한 선택임을 모르는 바는 아니다.

　직장생활을 한 지도 삼십 년이 가까워져 온다. 늘품 없는 샐러리맨의 비애라고나 할까. 귀밑머리가 희끗희끗해지도록 그날이 그날처럼 빠듯하게 가계를 꾸려 나가고 있다. 그럴지언정 아직은 현직에 있으니 가장으로서 최소한의 체면치레는 하면서 산다. 만약 직장을 잃으면 어떻게 될지 생각만으로도 두렵다. 근무 연한을 불과 2, 3년 앞두고 보니 퇴직이라는 열차가 인생의 간이역을 향해 무서운 속도로 달려오고 있음을 실감한다. 남의 일처럼 느껴지던 퇴직이 코앞으로 바짝 다가오니 수시로 마음이 착잡하다. 그 열차에 함께 동승해야 할 베이비붐 세대들도 불확실한 미래에 대한 두려움으로 낯빛이 어둡기는 마찬가지리라. 초고령화 시대에 노후대책 없이 일자리를 잃어버린다면 어떻게 될까. 자칫 '하우스푸어'가 되거나 새로운 사업의 실패로 거리로 내몰릴 수도 있겠지. 미래에 대한 어떤 구체적인 방안을 세우면 좋겠지만 나는 아직 어떤 인생 이모작을 살지 고민 중이다. 새로운 일을 해야겠다고 생각하지만 아직은 막연한 상태이다.

　만약 내가 직장을 잃어버린다면 어떻게 할까. 고민 끝에 이것만은 지키고 싶었다. 가장 먼저 장기 기증에 서명하겠다. 어떤 순간 죽음이 찾아오더라도 누군가에게 생명의 작은 등

불이 될 수 있기를 기꺼운 마음으로 바라기 때문이다. 그런 후에는 살아온 날들을 뒤돌아보고 고백성사를 보겠다. 맷돌처럼 짓누르던 마음의 짐을 내려놓고 홀가분한 마음으로 인생 이 막을 시작하고 싶다.

퇴직하면 지금까지와 다른 삶의 방식으로 살고 싶다. 남의 눈을 의식하여 지나친 책임과 규범의 올가미에서 벗어나 단순하게 살고 싶다. 하루의 일상을 접고 잠을 청할 때는 베게 대신 호세 세르반테스의 '돈키호테'를 베고 잠들고 싶다. 다소 엉뚱하다 싶어도 행복은 꿈꾸는 자의 몫이라고 하지 않는가. 실직자에게도 공평하게 주어지는 하루를 카이로스의 시간으로 만들겠다. 직장이 없다고 실패자를 자처하는 것은 어리석은 일이다. 삶이 팍팍하더라도 어떤 마음의 상태로 사는지가 더 중요하다고 믿기 때문이다. 욕망이나 집착을 하나씩 하나씩 내려놓고 그물에 걸리지 않는 바람 같은 사람이 되고 싶다.

무시로 하늘을 올려다보는 여유와 대지의 기운을 느끼며 자연을 벗 삼아 물 흐르듯이 살고 싶다. 문명의 이기를 줄이고 자연에 순응하며 살리라. 아무리 삶이 힘들고 어려워도 노숙자처럼 역사 모퉁이에서 술병을 쓰러뜨리며 살고 싶지는 않다.

지금까지는 물질이 정신을 지배하는 생활에 넌덜머리를 내면서도 어쩔 수 없이 얽매여 살아왔다. 복권 당첨을 기대하기보다는 진정한 노동의 가치가 무엇인지를 느끼며 살리라. 농사철에는 바쁜 일손을 보태고 새참에 탁배기 한 사발 마실 수 있으면 족한 삶이라 여기리라. 한증막 같은 여름에는 에어컨 바람 대신 실바람 살랑대는 나무 그늘에 누워 늘어지게 낮잠 한숨의 보너스를 누리겠노라. 모임이나 거추장스러운 직함은 다 내려놓고 깃털처럼 가볍게 흔들리며 남은 인생을 가리라.

만약을 두고 미리 걱정하는 베이비부머 세대들이여! 100세 시대에 우리는 아직도 청춘이다. "청춘이란 인생의 깊은 샘에서 솟아나는 신성한 정신이다. 청춘이란 인생의 어떤 시기가 아니라 마음 가짐이다."라고 한 사무엘 울만의 시를 기억하자. 어제의 용기를 되살리고 창백한 낯빛을 거두자. 한 치 앞도 모르는 미래를 두고 미리 걱정할 필요는 없지 않은가. 우리는 한때 산업혁명의 주역이었고, 궁핍을 이기고 풍요를 일구어낸 전사였음을 잊지 말자. 퇴직이라는 열차를 탄다고 두려워하거나 주눅들지 말자.

만약 복권에 당첨되지 않아도 새로운 인생 이모작으로 성공을 거둘 수도 있지 않은가. 미리 웃음기 잃은 얼굴을 자처하여 먹장구름을 드리우진 말자. 설령, 거리로 내몰리는 신세가 되더라도 어제의 당당함을 기억하고 가슴을 펴자. 어떤 상

황에 처하든 마음의 상태가 무엇을 갈구하며 살아야 하는지
이미 알고 있을 것이다. 경제적 빈곤 상태가 온다고 해도 정
신을 침해당하는 노후의 삶은 살지 말아야 하리라. 황무지를
개척해 옥답을 만든 정신력으로 아름다운 노후의 정원을 가
꾸자.

미풍

　미풍은 가만히 부는 바람이다. 형체나 소리도 없이 은밀한 밀어를 품고 와서 귓전에 보채다 사라진다. 바람은 흔적없이 떠나고 마음속 상념의 파문만이 물결처럼 퍼진다.

　미풍은 계절풍이 아니라 상시로 불어오는 바람이다. 미풍은 혹한의 겨울을 지내고 저 먼저 총총걸음으로 달려와 남도의 봄소식을 전해주는 전령사다. 작열하는 태양의 계절에는 푸른 파도와 넘실대며 노닐다가 하얀 미소를 지으며 수박이 익어가는 원두막을 기웃거린다. 청명한 가을날에는 고추잠자리처럼 홍조를 띠고 산들산들 사색의 벤치로 찾아와 에세이스트가 사유하는 창을 두드린다. 또한, 삭풍의 계절에는 천년고찰의 청아한 풍경소리로 자신의 존재감을 알린다.

　고은 시인은 "오 미풍이여 그동안 나는 너를 모르고 살아왔구나."라고 하였다. 정녕 작은 이파리를 건드려 일어나는 바람이 미풍인 줄 누가 모르랴. 바람은 볼 수 없고 느껴야 한다. 세상에는 드러나지 않고 눈으로 볼 수 없음에도 아름답고 소중한 것이 얼마나 많은가. 어쩌면 보이지 않은 것이 더 아름답고 귀한 것일 수 있기에 예술은 그것을 드러내 보여주기 위해 다양한 표현양식을 찾는 것이리라. 화가는 그림으로써 음악가는 여러 장르를 넘나드는 음악으로써 보이지 않은 세계의 아름다움을 보여주고자 한다. 문학도 마찬가지다. 형안을 가진 시인이 "미풍이여 모르고 살아왔다."라는 시적 고백은 얼마나 솔직한가. 어떤 언어의 연금술보다 멋진 자기 고백의 언어다.

미풍의 본성은 위로자이다. 인생살이에 지친 나그네의 육신을 어루만져 주고 꺼져가는 사랑의 불씨를 지펴주기도 한다. 미풍은 고요한 마음의 바다에 가만히 불어오는 것이다. 그 색조는 은은하고 명주같이 흐르는 달빛이요, 석양에 비친 황금빛 물결이다.

얼마 전 수영 강습을 함께 받던 한 여인이 다가와서 "저랑 친구 하실래요."라고 하였다. 두 귀를 의심하며 뒤를 돌아보니 나의 등 뒤에는 아무도 없었다. 마음의 물결이 일렁인다. 천 년 풍파를 견뎌낸 굳센 노송도 미풍에 솔향기를 품어 내듯이 귓전을 간질이는 나긋한 목소리에 사춘기 소년처럼 심장이 콩닥댄다.

바람이 불면 이파리가 흔들리듯 마음의 소요가 일어나다가 잠잠해진다. 바람이 지나간 자리가 적막하다. 잠시 아찔했던 정신을 가다듬고 겨우 마음의 평정을 찾는다. 인생의 계절에 가만히 불어오는 미풍이여! 그대는 천사의 가면을 쓴 악마이던가. 미풍(微風)을 달래고 잠재우지 못하면 태풍의 씨앗이 되고, 고요히 품어주면 삶의 활력을 주는 미풍(美風)이 되는 것이리라.

수영장에서 갓 나온 여인의 젖은 머릿결에서 솔향기가 풍긴다. 나는 뿌리째 흔들리지 않음에 안도한다. 쉼 없이 달려온 인생길을 뒤돌아보면 외줄을 타는 곡예사처럼 위태롭고 고독했었다. 삶에 지치고 힘들 때 고운 색깔로 다가오는 미풍을 가만히 달래고 안아줄 수만 있다면 얼마나 활기가 넘치랴. 바람의 실체를 느끼지 못하고 살아오다 미풍의 실체를 잠시 느껴 보았다. 끝없이 철썩이고 흔들리는 심연의 파도를 잠재워야 조용히 다가오는 미풍을 안을 수 있다.

외딴 섬

가족과 떨어져 홀로 산다는 것은 외로움이다.
즐거워도 슬퍼도 나만의 섬에서 사는 것이다.
벽을 보고 박장대소 실없이 웃을 수도 없는 노릇이고,
슬픈 일이나 화나는 일이 생겨도 털어놓고 이야기할 대화 상대가 없으니
오롯이 혼자 감당해야 한다.

3부
외딴섬

공짜쿠폰

공짜가 난무하는 세상이다. 마일리지, 포인트, 쿠폰, 끼워 팔기 등 다양한 방법을 동원하여 소비자를 유혹하는 얄팍한 상술이 도를 넘는다. '소문난 잔치 먹을 것 없다.'라는 말처럼 과대포장된 광고는 믿을 게 못 된다. 눈만 뜨면 오감을 자극 하는 메일과 문자가 기승이다. 스팸 삭제 기능을 활용해도 수 시로 문자가 날아와 일상 업무를 방해한다. 최신형 스마트폰 도 공짜로 준다고 요란을 떨지만, 사실은 고객이 내는 요금에 폰 값이 포함되는 것이 일반적이다. 공짜가 진정 공짜인 세상 이 그립다.

치킨을 시킬 때마다 쿠폰 한 개를 주는 통닭집이 있다. 열 개 모으면 한 마리를 공짜로 먹을 수 있다니 얼마나 좋은가. 냉장고에 줄지어 붙여놓은 쿠폰의 개수가 늘면서 공짜 치킨을 먹을 수 있다는 기대는 점차 코앞으로 다가왔다. 야식 메뉴로 족발을 비롯한 다양한 음식이 있지만 오로지 한 집을 고집했다.

오매불망 기다리던 열 개의 쿠폰이 모였다.

"쿠폰인데 양념 반 후라이드 반으로 주세요."

"쿠폰은 후라이드만 되요."

"쿠폰 사용 시 미리 말씀해 주세요."라는 정중한 안내 말이 무슨 뜻인지 이제야 어렴풋이 짐작이 간다. 우리 가족이 치킨을 시킬 때는 양념 반 프라이드 반씩 시키는데 쿠폰으로는 선택의 여지가 없다. 통닭집이 갑이고 고객은 을이다. 어쩌랴, 고개만 갸웃했을 뿐 그것만으로도 감지덕지하였는데 배달된 치킨 봉투를 여는 순간 즐거웠던 기대는 싸늘히 식어버렸다. 통닭은 다리와 날개가 제 짝을 잃어버렸고, 말라비틀어져 앙상한 목뼈는 두 개나 들어 있었다. 목이 두 개고 다리와 날개가 짝이 맞지 않는 닭, 외계에서 지구로 외출 온 듯 상상 속의 닭이 쓴맛을 다시게 했다. 평소보다 현저히 줄어든 치킨의 양을 보며 얼마동안 기대에 부풀어 있었던 기대가 한꺼번에 무너졌다. 후회한들 무슨 소용이랴.

우리 집은 치킨 배달 때 무, 깍두기, 콜라를 가져오지 말라고 부탁한다. 무는 시큼한 맛이 입에 맞지 않고 콜라는 원래 잘 마시지 않기 때문이다. 그럼에도 매번 콜라와 무가 따라온다. 아마도 고객의 말을 귓등으로 흘러들었나 보다. 조금만 세심하게 메모해두거나 기억했다면, 콜라 값으로 공짜로 주는 통닭 한 마리 값을 상쇄하고 고객의 심기도 불편하게 하지 않았을 것이다. 살다 보면 사소한 것에 마음 상하는 경우가 흔하다. 고객을 끌기 위한 어설픈 공짜쿠폰보다 자그마한 관심과 믿음이야말로 소비자의 마음을 다치지 않으면서 영업 실적에 훨씬 도움이 되었을 것을.

3주마다 그녀를 찾아간다. 다른 동네로 이사하고서도 자석에 끌리듯 찾는다. 참 편안해서이다. 평일 저녁이나 공휴일에 주로 가지만 화요일에는 발걸음하지 않는 것이 불문율이다. 날씬하고 아담한 그녀는 검은색 옷을 주로 입고 일하며 일상적인 인사보다는 가벼운 미소로 반가움을 대신한다. 말하지 않아도 손님이 많아 바쁘면 소파에 앉아 잡지를 뒤적인다. 이럴 때 자그마한 시집이라도 하나 들고 올 것을 하고 후회하기도 하고 잡지 보는 것이 싫증이 나면 시선이 거울에 머문다. 전면 거울에 비친 손님과 그녀의 대화는 참으로 가관이다. "죽일까요. 살릴까요." 듣기에 따라서는 참으로 섬뜩한 말이지만 태연스레 살리라는 손님의 대답에는 웃음까지 묻어난다.

그녀는 손놀림이 숙련되고 재빠르다. 차례가 되어 거울 앞 의자에 앉노라면 어느새 흰 가운이 목을 중심으로 하반신 아래까지 둘러쳐진다. 목둘레에 까만 줄 가운을 여미어 집게로 고정한다. 나의 등뒤 거울에 비친 여인은 침묵의 언어가 있다. 세파에 시달려 희끗희끗해진 정수리에 물뿌리개로 물을 뿜어댄다. 물보라가 얼굴에 날아든다. 가운 안에 갇힌 두 손은 수갑을 찬 죄수처럼 속수무책이다. 불편하다고 말하려다 꾹 눌러 참는다. 더운 날씨에는 등줄기에 땀방울이 맺히기도 한다.

가위질이 시작된다. 텁수룩한 머리칼이 싹둑싹둑 잘리고 잘 다듬어진 정원수처럼 깔끔해진다. 신들린 듯 동작하는 가위를 통해 변신한 머리 모양은 편하면서 새롭다. 목덜미 잔털을 민다. 가운을 벗고 나면 머리를 감겨준다. 세면대를 등지고 뒤로 넘어가는 의자에 목을 젖히고 누우면 저절로 눈이 감긴다. 샤워기에서 들려오는 시원한 물소리가 좋다. 여인의 손길이 먼저 물줄기를 마중한다. 적당한 물 온도와 세기를 맞추기 위해서다. 가만히 눈을 감고 있어도 특유의 세심함과 배려가 전해온다. 향기로운 샴푸로 두피를 자극하는 손길에는 특별한 느낌이 있다. 머리가 개운하고 맑다. 마른 수건으로 머리를 감싸고 거울 앞에 앉아 손과 드라이기를 이용해 머리카락의 물기를 말려준다. 마지막으로 예리한 눈빛이 다양한 각도로 머리끝을 점검하고 잡풀같이 삐쭉이 치민 부분을 정리하면 변신은 완료된다.

만 원짜리를 내면 그녀는 거스름돈 사천 원과 카드에 도장이 찍힌 쿠폰을 내민다. 열 번 도장을 받으면 한 번 무료인 쿠폰을 받지 않으려고 손사래를 친다. 이미 서비스를 받았기 때문이다. 단돈 육천 원으로 기분 좋은 변신을 하고 따뜻한 미소와 머리 감기까지 덤으로 받았는데 쿠폰을 받는 것은 계산이 맞지 않아서다. 일부러 먼 곳까지 찾아오는 까닭은 공짜 쿠폰 때문이 아니다. 단골이 괜히 단골이겠는가. 금전적인 이유나 공짜 쿠폰으로는 설명할 수 없는 따뜻한 사람의 향기와 정에 이끌리어 단골이 되는 것이리라. '뭐니 뭐니 해도 머니가 최고'라지만 사람의 마음을 돈으로 쉽게 살 수는 없을 것이다. 어떤 마음으로 고객을 대할지는 각자의 선택이다. 어차피 공짜 쿠폰은 상술에 불과하다. 솔깃한 미끼로 끌어들인 소비자의 마음을 어떻게 갈무리할까. 신뢰와 믿음은 사람과 사람의 마음을 통하게 하여 끊임없이 아름다운 인연을 만들어 가는 것을.

유효기간도 없이 무턱대고 발행한 공짜쿠폰이 비웃는다. 조만간 술 한잔하자거나 꼭 지킬 의지도 없이 선심 쓰듯 던진 말이 귓전에 맴돈다. 우선 듣기는 달콤해도 시간이 지날수록 기대와 신의는 무너져 간다.

사월의 소리

삭풍이 꼬리를 감춘 계절에도 여전히 가지는 시리다. 꽃샘 추위로 한바탕 홍역을 치르고 나서야 대지는 긴장을 푼다. 차가운 추위를 견뎌낸 대지는 해산한 산모의 몸과 같이 터실 터실 거칠다. 봄 햇살은 산후조리를 자청한 친정어머니의 애틋한 손길과 같다. 쇠붙이를 녹이는 용광로의 뜨거움이 아니라도 부드럽고 따스한 봄기운이 스치면 만물은 물기가 오르고 윤이 난다. 땅이 헐렁해지고 자양분의 공급이 원활해지면 산고로 벌어졌던 관절이 제자리를 찾고 쑤시던 뼈마디에 통증이 사라지면 새로운 생명을 움틔운다. 해마다 소멸과 생성을 거듭하지만 생명의 탄생은 언제나 경이롭고 위대하다.

사월의 소리는 청아하다.

침묵했던 소리가 세상으로 나오기 때문이다. 우수 경칩이면 개구리가 입을 연다. 얼음이 녹고 개울물 소리가 돌돌 신호를 보내면 산천의 초목은 연초록 촉을 틔운다. 한눈을 팔다 보면 삽시에 초록의 물결이 들판에 번져 있다. 만물은 두터워진 햇살에 일제히 기지개를 켜며 아우성을 지른다. 꽃들의 잔치를 알리는 소리의 서막이 산천에 메아리치면 동안거에 들어갔던 수도승도 하산 길을 재촉한다. 인적마저 뜸한 암자의 수행도 자연의 순리를 그르치지 못하기 때문이리라.

침묵으로 정화된 언어는 공해에 찌들고 수다스러운 소음과는 비교할 수 없는 정제된 소리이다. 만물은 동토에서 매년 수행을 마다치 않는다. 겨우내 불순한 소리는 태워 없애고 맑고 순수한 소리만 들려주기 위해서다. 동면의 시간을 지난 언어들은 제각각 특유의 음색으로 생기가 넘친다. 꽁꽁 얼었다가 풀린 물소리는 제멋에 즐겁고, 남녘에서 불어오는 바람은 볼을 부드럽게 어루만져 준다. 자연의 소리가 무한의 공명으로 어우러지면 봄은 더 가까이에 다가선다.

사월의 소리는 장대하다.

돌돌 개울물은 내를 이루어 큰 강으로 흘러들고, 사춘기 소년처럼 변성기를 거쳐 마침내 대양을 이룬다. 조그마한 이파리는 활엽수로 잎을 키워 수직의 빗줄기가 내리꽂히는 날 여러 가지 소리를 압도하는 타악기가 된다. 작은 밀알이 싹을 틔워 열매를 맺고 생명의 양식이 되듯이 작은 소리도 점차 커지고 장대해지는 것이다. 주체할 수 없다는 듯 연이어 벚꽃이 봉우리를 터트리면 봄나들이 아이들의 재잘거림이 신난다. 아이들은 미래의 꿈이요 희망이다. 벌들의 날갯짓 소리는 경외감을 느끼게 한다. 꽃들의 수정을 도와주고 꿀을 얻기 위해 분주히 나는 것을 보노라면 부지런함이 어떤 것인지 깨우치게 된다.

온 천지의 기운과 파장이 존재하는 것의 울림통을 두드린다. 미물도 탄생과 부활의 소리는 존귀하다. 저마다 만물과 공생하며 아름다운 하모니를 이룬다. 자연은 우주의 질서에 순응하며 소리를 품어내는 원천이다. 사월에는 기계음이나 공해로 찌든 탁한 소음을 떨치고 만물이 깨어나는 소리를 듣는 시절이다. 해마다 맑고 순수한 소리로 재탄생하는 오묘한 자연의 섭리는 정초에 다짐했던 초심으로 돌아가게 하는 마력을 지녔다. 고단한 짐과 시기하는 마음을 잠시 부려놓고 자연의 소리와 교감하여 내면의 소리를 들을 수만 있다면 삶은 더 아름답고 풍요로울 것이다.

사월은 가슴 두근거리는 소리가 들린다.

청춘의 연인이 아니라도 겨우내 움츠렸던 마음과 긴장된 근육을 풀고 삼삼오오 산이나 들, 강으로 나간다. 실내에 갇혀 답답했던 가슴을 열고 자연의 신선한 공기를 마음껏 마시기 위해서다. 마라토너들의 달리는 모습을 보면 원시림 같은 신선함을 느낀다. 봄이 오기를 고대했던 주자들은 심장이 터질 듯한 고통을 참으며 달린다. 힘든 고비를 맞아 자신과 싸우며 끝까지 완주한 마라토너는 누구나 승리자다. 강태공은 겨우내 갈무리해 두었던 낚시 도구를 손질하고 물가로 간다. 고기를 잡는 것이 능사는 아니다. 봄 향기 가득 담고 강둑을 넘어오는 바람을 느끼고, 복사꽃 피는 풍경을 보며 마음의 여유를 찾기 위해서다. 고요한 수면에 미동도 없는 찌를 응시하는 시간은 요란한 세상 소리를 잠재우고 마음의 소리를 듣는 기도의 시간이다.

소리를 잃어버린 세상은 암흑이다. 급격한 변화의 물결에 떠밀려 자연의 소리를 듣지 못하고 공해에 찌들어 살아가는 것은 안타까운 일이다. 한 해가 가고 새로운 해를 맞이하는 것은 스스로 선택할 수 없는 무한 축복이다. 축복의 소리를 기억하지 못하거나 잃어버리고 사는 것은 어리석다. 인체의 최소 단위인 세포도 생성과 소멸을 반복하며 수시로 거듭나지만 우리는 모르고 살거나 무관심한 편이다. 만물이 기쁨에 넘쳐 새롭게 깨어나는 사월의 소리를 통해 타성에 젖어 살아가는 내 안의 나를 깨운다.

외딴섬

재개발의 뒷전에 밀려난 노후된 아파트 단지에 들어선다. 희미한 가로등 아래서도 외벽의 회칠은 흉하게 벗겨지고 수십 년 지탱해온 세월의 무게와 피로가 덕지덕지 묻어 금방이라도 쓰러질 것만 같다. 투박한 콘크리트 골조에 흉터가 가득한 복도식 난간만 배를 불뚝하게 내밀고 있다. 당장 철거해도 조금의 아쉬움도 없을 것 같다.

길 건너편에는 최근에 건축된 세련미 넘치는 고층 아파트의 불빛이 환하게 뿜어져 나온다. 인근 상가에는 사람으로 활기가 넘치는데 이곳은 겨울바람만 차갑게 온몸을 감싸고 돈다. 인적은 드물고 낡은 창 사이로 듬성듬성 새어나오는 불빛도 온기를 잃어 싸늘하다. 보온을 위해 창틀을 가려놓은 비닐이 동짓달 바람에 파르르 떨고 있다. 주민 대부분은 떠나고 빈집이 태반이다. 주위의 활기와는 거리가 먼 도심의 섬에서 어머니가 살고 있다.

외딴 섬처럼 외롭고 낡은 아파트에 들어선다. 주인의 행색을 닮아서인지 가재도구도 세월의 흔적을 고스란히 담고 있다. 유일하게 벗이 되어주는 TV도 화질이 선명하지 못하고, 압력밥솥도 실없이 바람이 빠져 밥이 설된다. 작년에 매제가 사준 번듯한 김치 냉장고도 제구실을 못하고 반쪽은 쌀독이 되어버렸다. 식탁은 마주할 식구가 없다며 벽을 향해 돌아섰다. 출입문에 놓인 굽이 닳은 신발 한 켤레가 주인이 걸어온 인생여정을 대변하는 것만 같다. 전기장판은 엉덩이에만 온기를 줄 뿐 방안은 냉기로 가득하다. 적막 속에서 차가운 바람이 창을 두드린다. 유일하게 외부와 연결되는 빨간 유선 전화기의 벨소리만이 외딴섬으로 오가는 연락선의 고동소리다.

독거노인이라는 말을 들으면 우울해진다. 어머니와 함께 살지 못하는 맏이로서의 죄책감 때문이다. 어머니가 아버지와 사별한 지도 어언 20년이 지났다. 청상과부는 아니라지만 졸지에 남편을 잃은 상실감과 외로움으로 견뎌온 세월이다. 아버지는 건널목을 건너다 무면허 음주운전자의 자동차에 치여 졸지에 돌아가셨다. 아버지의 장례를 마칠 때까지 어머니는 세 번 까무러쳤다. 운전자에 대한 분노와 원망을 무어라 말할 수 있었겠는가. 눈물로 세월을 보내도 아버지는 다시 돌아오지 않았다.

　동생들은 하나둘 출가하고 결국 어머니는 홀로 살게 되었다. 지난겨울 함께 살자며 우리 집으로 모시고 왔지만, 한 해 겨울도 넘기지 못한 채 다시 섬으로 돌아갔다. 무엇이 불편한 것이었는지는 어렴풋이 짐작만 할 뿐이다. 한정된 공간 아래서 함께 살아보지 않았으니 왠지 서로 불편했다. 오랜 세월 따로 살아온 마음의 거리와 공백을 메우기에 한 해 겨울은 너무나 짧은 것이었다. 모자지간 소통의 장벽이 있으리라고는 생각지도 못했다. 어머니는 오랫동안 홀로 살면서 이미 타인과 떨어져 섬을 이루고 있었다. 당신은 자식이나 가족의 잘못을 말하거나 나무라지 않았다. 침묵이 서로를 옥죄었다. "어려서는 어머니의 치맛자락을 밟고 커서는 부모님의 마음을 밟는다."라는 글귀는 나를 두고 하는 말인 듯하다.

　가족이 있어도 혼자 거주하는 노인들이 늘어나는 추세다. 이들을 '독거노인'이라고 한다. 참 쓸쓸한 단어다. 독거와 노인이 합성어가 되어버린 세상이 원망스럽다. 평균 수명이 연장된 것은 사실이지만, 삶의 질적인 측면에서 안정된 노년이 보장되는 경우는 드물다. 가족과 함께 살더라도 질병이 생기면 흔히 요양병원으로 보내진다. 얼마나 질적인 의료 서비스를 받는지는 알 수 없지만, 어르신들은 요양병원을 현대판 고려장이라고 말한다. 그곳에서 치료를 받고 완쾌하여 집으로 돌아오는 경우가 드물기 때문이리라. 그럼에도 요양병원이 우후죽순처럼 늘어나는 까닭은 뭘까. 공급만큼이나 수요가 있기에 가능한 일이리라. '어렵고 힘든 병시중을 직접 하지 않아도 된다.'라는 삭막하고 이기주의적인 세태의 반영이라고 생각해 본다. 요양비라는 명목적인 금전 지출로 의무를 다하고 가끔 찾아보는 것으로 자식된 도리를 하고 있다고 스스로 위안을 삼는 듯하다.

　가족과 떨어져 홀로 살면 외로울 수 밖에 없다. 즐거워도 슬퍼도 나만의 섬에서만 사는 것이다. 벽을 보고 박장대소 실없이 웃을 수도 없는 노릇이고, 슬픈 일이나 화나는 일이 생겨도 털어놓고 이야기할 대화 상대가 없으니 모든 희로애락을 오롯이 혼자 감당해야 한다.

　어머니가 다시 혼자만의 생활로 돌아가신 이후 일 년이 지났지만, 아직 '함께 살자'는 말을 선뜻 꺼내지 못하고 있다. 당신의 완고한 성정에 생채기를 낼까 두렵다는 말은 핑계에 지나지 않는다. 나는 당신의 마음을 실어오는 쪽배를 준비하지 못하고 뭍에서 섬만 바라보고 있다. 돌아선 식탁 위에 신경중 약봉지가 못난 놈이라고 항변한다.

　모처럼 어머니와 밥상머리에 마주앉는다. 자반고등어, 청국장, 시금치무침, 계란말이가 상에 오른다. 당신의 반찬 솜씨는 지난날과 비교해 조금도 녹슬지 않았는데 고장난 밥솥으로 지어 윤기 없이 퍼석한 밥알을 목구멍으로 넘기려니 울컥 슬픔이 복받친다. 내 하고 싶은 것 다하고 돌아다니면서 밥솥 하나 얼른 사다 드리지 못하고 차일피일 미루다니 참 한심하다. 병들어 혼자 사는 것도 서러울 텐데 당신은 자식의 무관심을 섭섭하다는 내색조차 하지 않는다.

가전 판매점에 들렀다. 멋진 디자인을 하고 진열대를 차지한 압력밥솥 앞에 머문다. 4인용 밥솥과 8인용 밥솥 가운데 8인용 밥솥에 자꾸만 눈길이 간다. 가난했지만 부모님과 여덟 식구가 서로 비비며 살았던 그 시절을 어머니에게 다시 돌려줄 수만 있다면 얼마나 좋을까. "큰 밥솥 해서 뭐하려고"라는 어머니의 자조 어린 말이 귓전에 맴돈다. 밥을 많이 하더라도 밥상머리에 둘러앉을 식구가 없다는 뜻일 것이다. 제사 때도 우리 집에 모든 가족이 모이니 큰 밥솥이 필요 없다는 걸 알면서도 쉽게 눈길을 떼지 못한다.

식구라는 사전적 의미는 "같은 집에 살면서 끼니를 함께 하는 사람"이라고 한다. 혼자서 밥상을 차리고 다문다문 발길을 하는 자식을 기다리는 나의 어머니는 식구라는 이름 대신 홀몸노인이라는 명찰을 달고 외딴섬처럼 살아간다. 오늘도 혼자서 밥 짓고, 약을 복용하며 육 남매의 소식을 기다리며 하염없이 전화벨이 울리기를 기다릴 것이다.

큰 밥솥에 밥을 짓고 어머니 손맛 깃든 반찬으로 시끌벅적 식구들이 자주 둘러앉지 못하는 것이 안타깝다. 나 편하자고 시속에 편승하여 아픈 치부를 감추며 살 것인가. 외로움에 시름겨워 화석처럼 굳어져 가는 당신의 어깨를 주물리고 있노라니 한줄기 뜨거운 눈물이 눈자위에 번진다.

반려

길을 가다가 발걸음을 멈추었다. 저들끼리 장난을 치며 노는 모습이 너무 자유분방하고 즐거워 보여서다. 앞서거니 뒤서거니 뛰어다니다가 배를 뒤집고 딩굴며 코를 맞대고 킁킁대기도 한다. 어쩌나 신나게 노는지 '개 팔자 상팔자'라는 부러운 생각이 들 정도다.

얼핏 보아도 유기견임이 분명하다. 세 마리 모두 떠돌이 흔적이 역력하다. 한 마리는 다리를 절고, 다른 한 마리는 애꾸눈이다. 털은 탈색과 찌든 때로 본래의 색이 흰색인지 회색인지 짐작조차 어렵다. 지척에 서 있는 인간의 존재 따위는 아랑곳하지 않은 채 2차선 도로를 자유자재로 가로질러 다니며 장난하는 몰골을 보니 떠돌이 생활에 이골이 난 것 같다.

언제부터인가 애완견을 반려견이라고 부른다. 그렇게 부르는 데는 그만한 이유가 있을 것이다. '깡이'는 우리집 반려견이다. 누가 무슨 연유로 깡이라는 별난 이름을 지어 주었는지 알 수는 없다. 녀석은 이름이 말해주듯이 반려라는 의미가 무색할 정도로 사람의 편의에 의해 몇 번 주인이 바뀌었다. 바로 전 주인은 이웃에 사는 맞벌이 부부였는데 성가시고 귀찮다며 우리 집에 넘겨주었다. 나는 애초 개를 싫어해서 집에 들이는 것이 달갑지 않았지만, 늘 혼자인 딸이 간절하게 원하는 걸 차마 뿌리치지 못했다.

처음엔 가족의 주거 공간을 조금씩 침해하며 영역을 넓혀가는 녀석을 눈엣가시처럼 대했다. 생존 본능인지 몇 번의 버림을 받아서인지 눈치가 빨라서 가족 중 유독 나를 경계했다. 살갑지 않은 주인인 줄 알면서도 무시할 수 없어 억지 춘향이처럼 꼬리를 흔들어대는 꼬락서니가 못마땅하면서도 한편으론 가여웠다. 아무리 미물이라 할지라도 한 집에 정 붙이고 살고 싶었을 것이리라.

무시로 꼬리를 흔들어 주인의 마음자리에 들고자 하는 일방적인 노력이 가상했다. 시간이 흐를수록 말못하는 그 심정이 오죽할까 싶어 차갑게 대하던 마음이 누그러지고 심리적인 거리도 조금씩 가까워졌다. 형제가 없어 외로워하던 딸아이도 '깡이'가 곁에 있어 정서적으로 도움이 되어 보였다. 바야흐로 '깡이'와 나의 관계는 화해 분위기를 타게 되었다. 술을 마시다 늦은 귀가라도 하는 날에는 남은 안주 부스러기를 챙겨다 주는 호의적인 관계로 발전하게 되었다.

'호사다마'라고 했던가. '깡이'의 생애에 중대한 사건이 발생했다. 봄비가 내리던 어느 날 근무를 마치고 집에 오니 꼬리 치며 반갑다고 설쳐대던 녀석이 보이지 않았다. 행방이 궁금하여 아내에게 물으니 수술을 했단다. 아침에 현관까지 따라와 멀쩡하게 나를 배웅하던 놈이 갑자기 어디가 아파서 수술했단 말인가. 의아해 하는 나에게 아내가 말했다.

"저기요, 깡이 동물병원에 찾으러 가야 해요."

"그놈이 자꾸 부끄러운 짓을 하길래 손님 오면 민망해서."

"뭐라꼬! 거세수술 했단 말이가, 수컷이 그러기 여사지."

이미 엎질러진 물이었다. 수술비 오만 원을 내고 동물병원에서 찾아온 '깡이'의 몰골은 당혹스럽고 낭패스러움 그 자체였다. 휑한 눈가에는 눈곱이 잔뜩 끼고 눈물 자국이 말라붙어 있었다. 수술 부위에 혀가 닿지 못하도록 조리개 모양의 플라스틱 보호대로 목을 감아 두었다. 그 모양이 흡사 옛날 칼을 쓴 죄수와 같았다.

제 의지와는 상관없이 생식기를 잘러버린 참담함을 녀석의 눈가에 남은 눈물 자국이 말해주고 있었다. 수술 부위에 통증이 오는지 엉덩이를 치켜들고 낑낑 앓으며 사람을 피해 베란다에 나가더니 비 내리는 창밖을 바라본다. 무슨 생각으로 저리 청승을 떨까. 고통스러움인지 낭패감인지 안절부절 자리를 옮겨다니는 녀석을 바라보노라니 내가 사마천의 궁형을 받은 것처럼 아랫도리가 서늘했다. 사지에 기운이 쭉 빠진다. 처음부터 동거를 극구 반대하지 못한 후회가 밀려온다. 녀석을 받아들이지 않았다면 이렇게 참담한 행색을 보지 않아도 되련만, 차마 보지 못할 꼴을 보고 있다.

불행 중 다행인가. 한 주가 지나자 깡이는 맛있는 간식과 사료를 거들떠보지 않았음에도 상처가 잘 아물었다. 마치 아무 일도 없었다는 듯 예전처럼 꼬리를 흔들며 평소의 일상으로 돌아왔다. 하지만 아내가 부끄럽게 생각하는 그 짓을 다시는 하지 않았다. 아니, 못했다.

겉으로는 평화롭기만 하던 어느날이었다. 잠시 현관문 여는 순간 깡이가 쏜살같이 달아나버렸다. 예상할 수 없었던 돌발적인 행동에 미처 손 쓸 틈이 없었다. 곧장 뛰어나가 온 동네를 수소문해도 행방을 찾을 수 없었다. 다시 돌아와 주기를 기다렸지만, 녀석은 끝내 돌아오지 않았다. 몇 해가 지나고 우리 가족은 두 번이나 이사했다.

떠돌이 개의 자유분방함을 보노라니 집 나간 깡이가 생각난다. 몇 번의 배신과 중화수술을 당하고 성욕을 상실한 채 도주를 감행한 녀석은 지금 어디를 떠돌고 있을까. 꼬리를 흔들며 반기던 모습이 어제 같이 눈에 선하다. 맛있는 음식과 보장된 보금자리를 포기하고 탈주를 감행한 까닭이 무엇일까. 추위와 굶주림, 온갖 위험을 감수하면서도 저 떠돌이 개처럼 자유를 누리고 싶었을지도 모르겠다.

핵가족이 되면서 반려동물을 키우는 사람이 늘어나고 있다. 그러나 반려라는 의미에 걸맞게 동물을 대하고 있는지는 의문이다. 혹 자기만족을 위한 편의적이고 일방적인 배려가 반려라고 착각하며 그 대상을 구속하고 힘들게 하지 않는지 생각해 본다. 동물의 본능적인 행동을 보고 인간이 부끄러워하는 기제는 무엇인가. 아무런 거리낌 없이 반려견에 자행되는 중화수술을 어떻게 받아들여야 하나. 사라진 깡이에 대한 생각이 마음을 무겁게 했다.

반려견을 키우지 않으리라 마음먹었다. 가족도 제대로 건사하지 못하고 살면서 동물을 집에 들여 상처를 주지나 않을까 두렵기 때문이다. 사람이든 동물이든 자기만족을 위한 대상으로 대하거나 보는 것은 바람직하지 못하다. 동물과의 교감이나 사람을 만나고 마음을 나누는 일은 별반 다르지 않으리라.

지금

출퇴근길에 눈길 가는 상호가 있다. '지금 부동산'과 '명통 구리 양복점'이다. 두 곳은 대로 건너편에 서로 마주 보고 있다. 보도를 걸을 때마다 이름이 독특하여 수시로 쳐다보게 된다. 스쳐 지나가는 사람도 색다른 모습이거나 잘 생기고 멋스러우면 눈길을 주게 되는 것처럼 저절로 시선이 끌린다. 눈길이 머무는 간판은 광고 효과를 넘어 의미를 재생산해 낸다. '지금地金'이라는 단어는 땅값이 금값이라는 뜻이니 부동산을 사고파는 공인중개사의 옥호로서는 썩 잘 어울리는 이름이다. 양복점 상호인 명통구리明通求利도 마찬가지다. 얼핏 멍텅구리가 연상되지만, 밝게 이로움을 구한다는 뜻이 마음에 닿는다. 지나친 경쟁과 상술이 난립하는 세상에 신뢰와 정직함이 배어 있어 멋진 옥호라는 생각이 들었다. 겉만 번지르르하여 실속이 없다면 무슨 소용인가. 밝게 이로움을 구하는 것이야말로 신뢰를 바탕으로 한 상도가 아니겠는가.

땅값이 금값 된 것은 어제오늘의 일이 아니다. 하지만 나와는 무관한 일이었다. 그나마 가족이 눈비를 피할 수 있는 보금자리가 있으니 감지덕지다. 어떤 모임에 갔더니 "금중에 제일 비싼 금이 뭔 줄 아느냐?"라고 퀴즈를 냈다. 미처 생각할 틈도 없이 함께 있던 사람이 '지금'이라고 답을 했다. 듣고 보니 재미도 있고 '우문현답'이었다. 흔히 투자가치가 높은 땅을 일컬어 금싸라기 땅이라고 하는데 '지금'이라는 시공간이 없다면 무슨 소용인가. 금싸라기 땅보다는 자신에게 주어진 시간이 훨씬 귀한 것이다. 부동산은 경제적인 여유가 없으면 소유할 수 없지만, 지금只今은 누구에게나 공평하게 주어지는 선물이다. 일확천금을 주고도 살 수 없는 것을 공짜로 받는다고 생각하면 기분이 좋아진다. 무시로 '지금 부동산' 앞을 지나다니다가 우연히 시간의 소중함을 생각해보게 되었다.

며칠 전 어머니와 처음으로 병원에 다녀왔다. 오랜 지병으로 몸이 불편한데도 앵무새처럼 '약 잘 챙겨 드이소'라는 말이 전부였다. 가끔 아내와 딸이 어머니와 병원에 동행한 적은 있지만 나는 직장 핑계로 당신의 온전한 보호자 역할을 한 번도 한 적이 없었다. 모처럼 큰아들이 보호자로 따라오니 어머니는 기분이 좋아 보인다. 진료실에 함께 들어가 의사선생님으로부터 병의 증세와 진행 상태, 검사, 치료에 관한 상담을 마치고 생각해보니 나이가 든 어머니 혼자서 판단하고 감당할 일은 아닌 듯했다. 그동안 내색하지 않아도 나 몰라라 하는 아들이 얼마나 서운했을까. '병원에 가세요. 약 드셨어요.'라는 말은 골백번 더 했어도 빈말에 불과했다. 실질적으로 당신께 아무 도움도 되지 않았을 것이다. 의사는 검사를 받아야 더 정확한 처방을 할 수 있다는 설명이다. 지난번에는 아내가 예약해둔 검사를 어머니가 끝내 거절하셨다.

'지금'은 누구에게나 소중한 시간이다. 기력이 쇠하신 어머니의 시간은 더욱 소중하고 애달프다. 노을이 지고 순식간에 어둠이 깔리는 것과 같이 황혼의 시간은 짧다. 돌아가시고 후회한들 무슨 소용인가. 아들이 동행한 탓인지 완고하게 거절했던 검사를 오늘은 못 이기는 척 받아들였다. 가족을 위해 헌신해온 당신의 시간이 때늦은 '지금' 간절해진다.

몰래길

올해 겨울은 유독 눈이 많이 내렸다. 추위에 옷깃을 여미고 동동거리는 일상에서 벗어나 길을 나섰다. 대구에서 청도는 지척이지만 직장동료들과 함께 하는 여행은 마음을 설레게 했다. '참새가 방앗간을 그냥 지나갈 수 없다.'라는 속담처럼 가창의 명물인 찐빵 집을 스쳐 지나지 못했다. 가창 댐과 정대숲을 지나 구불구불 헐티재 정상에 도착했다. 꼭대기에서 아래로 내려다보는 탁 트인 전망은 답답했던 마음과 일상의 피로를 단번에 날려주었다.

헐티재에서 청도 각북면 방면으로 3km 정도 지나면 멀리 비슬산 조화봉이 보이고, 그 아래에 최복호 패션 연구소 안내 표시가 나온다. 몰래길은 최복호 패션문화 연구소에서 시작하여 전유성의 개그극장까지이다. 각북면 남산리에서 성곡리, 수월리로 이어지는 조붓한 산길이다. 비슬산 리조트 군불로 초입에는 길을 조성한 배경이며, 몰래길 걷기 수칙, 재미있는 몰래길 이야기를 소개하는 안내판이 세워져 있다.

군불로를 지나 청소년수련원을 오르는 응달진 곳에는 지난번 내린 눈이 채 녹지 않았다. 소음과 거리가 먼 고요한 공간에 사각사각 눈 밟는 발자국 소리만 정적을 깨운다. "구라치기 없기, 큰 소리 안 내기, 각종 소원 환영, 분실물 환영, 보는 사람이 임자."라고 각인된 엉뚱한 이정표가 정겹다. 가파른 고갯마루를 오르니 겨울 날씨만큼이나 차갑게 느껴지는 수채화 같은 하늘이 금방이라도 파란 물감을 뚝뚝 흘릴 것만 같다.

고갯마루를 넘으니 하늘과 맞닿은 적송군락 사이로 구불구불 산길이 이어진다. 솔향을 실은 신선한 공기가 폐부 깊숙이 들어온다. 다닥다닥 붙은 비탈진 밭에 복숭아나무는 꽃피는 춘삼월을 기다리며 시린 가지를 가녀리게 떨고 있다. 양지 바른길에는 잔설마저 자취를 감추고 길손의 발걸음에 활기를 더해준다. 음지와 양지, 인생살이도 늘 명암이 따르듯이 길도 오르막이 있으면 내리막이 있다.

책보자기를 매고 구불구불한 산길을 넘어 학교를 오가던 어린 시절이 떠오른다. 객지에 살다가 명절이면 어머니 품으로 돌아가던 고향길처럼 몰래 길도 낯익은 듯 편하다. 이 땅에서 삶의 터전을 꾸렸던 할아버지의 할아버지가 이 길로 다

넓고 이 고장 사람들의 숱한 사연들이 몰래 길 길섶마다 깃들여져 있다. 남모르는 한숨과 눈물, 사랑과 이별, 꿈과 희망을 간직한 산천은 너른 품으로 잔설을 밟고 온 길손을 품어 준다.

겨울답지 않은 날씨에 바람마저 고요하다. "나이가 들면 동안으로 사는 것이 아니라 동심으로 산다."라는 동료의 말에 공감하며 박수를 보낸다. 솔향기 탓인가. 마음이 열리니 고운 말들이 봇물처럼 터진다. 자연을 벗삼아 함께 걷다 보니 세상 시름은 저만큼 달아나고 마음이 깃털처럼 가벼워진다. 적요 속에 갇혀 분주함을 잊어버린 여유가 신체의 메커니즘을 바꾸어 준다. 휘적휘적 팔자걸음으로 족히 30분은 걸었으리라. 아담한 마을이 나타나고 촌가의 굴뚝에서 때 이른 저녁연기가 피어오른다. 길갓집 담장 안으로 시선이 머문다. 사람 기척은 없고 대청 문설주 위에는 가족사진과 결혼기념사진 액자만 뽀얀 먼지를 덮어쓰고 있다. 휑하게 너른 마당은 을씨년스럽고 뒤란의 빽빽한 대숲만 서그럭 서걱 풍요롭던 시절의 이야기를 나누고 있다. 객지로 떠난 자식을 기다리던 어머니는 몰래 길을 따라 마실가셨는지 행방이 묘연하다.

눈으로 덮인 다랑이 논을 따라 골을 빠져나오니 엄청난 수량의 성곡댐이 우리 일행을 맞는다. 저수지 가장자리에 무리지어 늘어선 청둥오리가 장관을 연출한다. 스마트폰이나 디지털카메라로 다시는 돌아올 수 없는 순간을 담기에 분주하다.

성곡댐을 배경으로 좀 특이하다 싶은 건물 두 채가 시선을 끈다. 전유성의 개그극장 건물이다. 철가방과 그 내용물이 건물을 뚫고 나와 지나는 나그네의 호기심을 건드린다. 짜장면과 소주병이 침샘을 자극하여 시장기를 돌게 한다. 개그극장은 공연 중이라 문을 열어볼 수 없었다. 이 깊은 골짜기를 찾아오는 관람객도 공연장을 운영하는 사람도 멋스럽다. 기발한 생각과 발상의 전환이 웃음과 기쁨의 보따리를 선물한다. 팍팍한 삶에 마음껏 웃을 기회가 많으면 많을수록 좋겠다는 생각을 하면서 아쉬운 발길을 돌린다.

길옆에 매어둔 청도 싸움소가 푸우 푸 콧바람을 내 품는다. 전의에 불타는 눈으로 일행을 향해 연신 고개를 치켜들고 빙빙 돌며 코뚜레를 당긴다. 싸움에 패하고 나서 제 분을 삭이지 못해 저러는가 싶다. 그 옆의 덩치가 더 큰 싸움소는 미동도 없이 저수지를 바라보고 있다. 뿔은 반 토막으로 부러지고 척추를 따라 듬성듬성 털이 뽑히고, 허옇게 드러난 살점이 싸움소의 힘들었던 이력을 말해주는 듯하다. 한시절을 풍미하고 퇴역한 선수처럼 전의가 사라진 싸움소의 잔등은 쓸쓸하고 애잔하다.

연민의 정을 애써 뿌리치고 풍각면을 거쳐 노루꼬리 같이 짧은 겨울 해를 벗삼아 귀가를 서두른다. 일상에서 느낄 수

없었던 충일함으로 아쉬운 발걸음을 옮긴다. 어디를 가도 길
은 이어지고 또 이어진다. 혼자 몰래 걷든지, 여럿이 재미나
게 걷든지, 숱한 사연들이 굽이돌아서는 길섶에 간직될 것이
다. 자박자박 길을 걷다 보면 자연을 통해 아리고 상처받은
마음이 진정됨을 느낄 수 있다. 자연의 너른 품이 안아주고
보듬어 주기 때문이다. 세월이 흐르고 기력이 쇠하여 걷기조
차 힘들면 남겨진 사진 한 장이 아련한 몰래길의 추억을 길어
올려 주리라.

견공犬公 캐리

캐리는 우리집 애완견이다. 그를 굳이 견공犬公이라 높여 부르는 그만한 이유가 있다. 함께 산 지 어언 7년이라는 세월이 흘렀으니 사람으로 비교하면 중년이요, 눈치코치로 보면 시쳇말로 당수 팔 단이다. 가령, 식구들의 작은 움직임을 보고서도 벌써 무엇을 하려는지 빤히 속을 들여다본다. 출퇴근 시 꼬리를 흔들어 반기고. 짖어 인사하며 맞고 들이는 것은 일상이다. 주인의 기분에 따라 조용하게 엎드려 이 눈치 저 눈치를 보며 눈동자를 굴리기도 하고, 제 기분이 상하면 아무리 불러도 돌아누워 하품이나 하며 못 들은 척한다.

이러한 캐리도 견공이라 불리기까지는 결점 투성이며 질타의 대상이고 평범한 애완견이었다. 아내가 운동 나갈 때 모자를 챙기면 으레 함께 가기를 자청하여 난리법석이고, 쉬는 날 혼자 두고 외출이라도 한 날이면 그야말로 거실을 아수라장으로 만들어 놓는다. 모르긴 해도 자기 나름 성질을 못 이겨 주인에게 보란 듯이 시위를 하는 것이리라. 평소 지정된 장소에 볼일을 보는 것은 기본인데 혼자 두고 간 날에는 거실 곳곳에 똥을 누는 것도 모자라 주인이 아끼는 물건을 꺼내어 오줌을 지려놓고 분풀이를 한다. 애완견들의 행동심리를 알아본 바가 없지만, 저 혼자 갇혀 있는 것이 얼마나 답답해서 그랬을까 싶어 짜증보다는 측은한 생각이 든다.

캐리가 우리집에 오기까지는 사연이 있다. 처음에는 어머니가 갓 태어난 놈을 우유병을 물려서 키웠다. 그러던 어느 날 잠깐 방문을 열어 둔 사이에 우유배달하는 아주머니가 데려가버렸다. 어머니는 캐리를 찾기 위해 동네방네 수소문하여 천신만고 끝에 강아지를 찾아 우리 집으로 데리고 와서 키우라고 하셨다. 그래서인지 캐리는 가끔 어머니가 오시는 날이면 우리에게는 눈길조차 주지 않는다. 오로지 옛 주인의 곁에서 맴돌며 다른 사람은 얼씬도 못하게 으르렁댄다. 제딴에는 옛정과 의리를 지키는 것이라 생각하니 밉지가 않다.

추석명절을 지내기 위해 몇 달 만에 어머니가 집으로 오셨다. 전보다 더 야위고 기력도 쇠약한데다가 왼쪽 수전증도 심해진 듯하다. 한의원에서 침도 맞고 신경정신과에서 처방해 준 신경안정제도 복용하며 치료를 받지만 호전이 없다. 캐리의 눈에도 노구의 손가락 떨리는 것이 안쓰럽게 보였을까. 한시도 어머니의 곁을 떠나지 않으며 자신의 혓바닥으로 어머니의 떨리는 손가락을 핥고 또 핥았다.

캐리의 눈은 평소와 다르게 수심이 가득 묻어나 보였다. 그 모습을 바라보던 아내는 옷소매로 눈물을 훔치고, 나는 캐리보다 나을 게 없다는 부끄러움과 죄송함으로 고개를 들 수가 없었다. 모로 누워 주무시는 어머니 앞자리를 캐리가 차지하고 나는 등뒤에 누워 잠을 청했다. 쪼그려 잠든 노모의 야윈 등뒤에서 쉬이 잠을 이루지 못해 뒤척이는데 캐리는 여전히 떨리는 수지를 핥으며 잠잘 기미가 없다. "금수보다 못하다."라는 말이 가슴을 후벼판다. 말 못하는 짐승의 성정을 보며 약 한 제 지어 드리지 못한 죄책감이 밤새 졸음처럼 밀려왔다.

어머니는 하룻밤을 묵고 기거하시는 집으로 돌아가시고 캐리는 옛 주인의 체취가 묻어 있는 물건을 찾아 킁킁거리다 끝내 기진맥진 드러누워 버렸다. 평소 마파람에 게눈 감추듯 하는 간식도 마다한 채 미동도 없이 허공에 슬픈 눈길만 보낸다. 무언의 시위인가. 놈이 나를 가르치려는 것은 아니겠지만 본능적으로 저에게 쏟은 어머니의 옛정을 잊지 않은 행동이라 생각된다. 어머니가 캐리에게 쏟은 정성이야 자식 사랑에 비하면 티끌에도 미치지 않는다. 나는 아직도 어머니의 마음과 떨리는 손을 어루만져 주지 못하고 안타까워만 하고 있다.

사료만 축내고 오줌을 지린다고 핍박하던 놈의 슬픈 눈동자를 보면서 유구무언 견공犬公이라 칭하게 되었다.

돋보기

　노안이 온 것일까. 책을 오래 들여다보면 뿌연 안개가 낀 것처럼 글자가 희미하고 겹쳐 보인다. 자구책으로 눈을 감아보기도 하고, 손으로 눈자위를 지그시 눌러봐도 답답하기는 매한가지다. 선명하게 보기 위해 초점을 맞추려고 빈번히 애를 써보지만 소용이 없다. 오히려 책과 눈의 거리를 적절히 조절하려니 오만상이 찡그려지고 눈의 피로만 가중된다. 그뿐인가. 시신경이 긴장한 탓인지 후두부와 목덜미 근육이 뻐근하더니 급기야 돌덩이처럼 단단하다.

　불과 일 년 전만 해도 깨알 같은 글씨도 뚜렷하게 보였다. 일시적 현상으로 노안이 온 것은 아니지만, 작금의 현상을 어찌 받아들여야 할지 고민스럽다. 나이로 말미암은 생리적 노화현상을 부정하려는 것이 아니라 설마 하는 마음으로 여러

달을 버티어 온 것이다. 이제 더는 답답한 코앞의 현실을 외면할 묘안이 없어 안경점을 찾았다. 쭈뼛거리며 안경점에 들러 안경사의 지시에 따라 검사를 받아보니 결과는 예상을 빗나가지 않았다. "시력은 정상인데 노안이네요."라며 안경사는 사무적인 어투로 짧게 말하고 서둘러 눈에 맞는 돋보기를 한번 껴보라고 권한다.

흰 머리카락이 늘어나도 마음은 푸른 뽕밭 같은 물결로 일렁이건만 노안이라는 판정을 받으니 일순간 기운이 쭉 빠진다. 씁쓸한 내색을 애써 감추며 안경사가 지정해주는 돋보기를 착용하고 탁자에 놓인 신문을 들여다보니 흐릿하던 활자가 먹물로 꾹 눌러 쓴 것처럼 선명하게 보인다. 신문 행간과 자간의 구별이 뚜렷하고 글자와 지면의 여백은 단조로움 가운데서 질서 정연함을 느끼게 한다. 오리무중의 안개가 걷히고 햇살을 받은 선명한 원근의 산수를 대하는 듯하다. 그간 행간과 자간이 겹쳐 여백 없던 글자들로 머리가 혼란스럽고 어지러웠건만 개안 수술을 한 것처럼 맑고 선명하다.

그날 이후 돋보기는 어디를 가나 분신처럼 챙겨야 하는 필수품이 되버렸다. 늘 챙겨야 함은 다소 불편하고 성가신 일이지만 어찌 그간의 답답함에 비길 수 있으랴.

노안은 돋보기를 착용함으로써 활자를 대하는데 불편함은 해결되었다. 하지만 마음에 짙은 먹구름이 드리운 것 같은 답답함이 똬리를 틀고 앉았다. 특별한 이유도 없이 개운하지 못한 마음의 상태는 무얼까. 깊이 생각해 보지 않았지만, 미루어 짐작해 보건대 한 치 앞도 제대로 내다보지 못하는 심안 탓이다.

사물이나 대상을 눈으로만 보려했지 심안으로 대하지 못했다. 제대로 보지 못해서 생긴 폐해나 혼란스러움을 어찌 세 치 혀로써 다 형언할 수 있겠는가. 마음으로 보는 눈이 혼탁해서 상대방을 오해하여 상처를 주기도 했으며 지나친 욕심으로 일을 그르친 적이 얼마나 많았던가.

돋보기를 착용할 때 손자국이나 먼지가 묻어 더러워진 안경알을 반복하여 닦는다. 더 선명하게 보기 위해서다. 하지만 켜켜이 쌓인 마음의 먼지를 닦는 일은 게을리하며 살았다. 심지를 돋우어 마음을 밝히려는 일을 등한시하였으니 그 탁함을 어디에 비기랴. 심안의 탁함은 사물의 현상을 제대로 보지 못할 뿐만이 아니라 이면에 숨은 진실을 보지 못하는 어리석음의 소치가 아니던가.

안경점을 나오면서 생각했다. 망연자실 노안을 탓할 일이 아니라 이 나이가 되도록 얼룩져 있는 마음의 땟국을 지우지 못함을 탓해야 한다는 걸 깨닫게 된다. 돋보기 안경을 통해 밝게 보이는 활자처럼 돋우어진 심안으로 만물을 대할 수 있다면 그깟 노안이 대수일까. 안경알을 닦을 때마다 마음의 얼룩도 닦을 일이다. 그리하여 심안을 돋우어 세상을 더 환하고 밝게 본다면 노안이 오더라도 나잇값은 하고 살 것이리라.

근래 돋보기를 착용할 때면 마음이 새롭지만, 켜켜이 쌓인 먼지를 닦으려니 한숨이 절로 나온다.

홍어

암모니아 냄새가 코를 찌른다. 도무지 잔칫상에 오를 어족이 아닌 듯싶다. 무슨 맛인지 호기심에 입안에 넣으니 저절로 미간이 찌푸려진다. 쐐하게 후각을 자극하더니 눈물이 핑 돈다. 딱하게도 홍어 한 점을 질겅거리다가 안절부절하는 한심한 사내가 되어버렸다. 초면이라 속내를 알 수 없다지만, 활어로서 얼마나 볼품없고 맛이 없었으면 삭혀 먹을 생각을 했을까. 숙성되고서도 제 성질을 죽이지 못하고 고약함을 드러내니 어찌 대중의 지지를 받을 수 있겠는가. 호락호락 제 살점을 허락하지 않으려는 용기와 톡 쏘는 개성과 배짱만은 높이 살만하다.

25년 전 여동생은 전라도 함평 성당에서 결혼식을 올렸다. 대절 버스로 대구에서 함평으로 가는 길은 마음의 거리만큼이나 멀었다. 축하객은 반나절 버스에 시달리고 성당의 엄숙한 예식 분위기도 낯설어 불편한 기색이 역력했다. 결혼식이 끝나고 음식이라도 입에 맞았다면 그나마 위로가 되었겠지만 차려진 음식은 우리 고장의 잔칫상에서 흔히 먹던 음식과는 달라도 너무 달랐다. 큰 접시에 담긴 홍어가 먼길에 지치고 허기진 손님을 제일 먼저 맞았지만, 하객의 젓가락질은 신통치 않았다. 싱싱하게 꿈틀대는 낙지도 그림의 떡이었다. 사돈댁에서 특별히 준비한 음식은 모두 등외로 밀리는 신세가 되어버렸다. 옆 칸에 자리 잡은 신랑 측 하객은 홍어를 안주삼아 부산하게 막걸릿잔을 주고받았다. 질펀한 전라도 사투리에 분위기가 고조되는가 싶더니 순식간에 빈 접시만 남았다. 양측 하객 모두 낯선 풍경이 연출되었다. 마파람에 게눈 감추듯 접시를 비우고도 쩝쩝 입맛을 다시며 이웃 식탁을 기웃거리는 쪽이나 귀한 음식을 대하고도 염불만 하는 쪽이나 피차 의아해하기는 마찬가지였다

아버지는 사위 될 총각이 호남사람이라는 이유로 동생의 결혼을 반대했다. 나도 막연하게 당신의 의견에 동조하였다. 사는 지역이 뭐 그리 대단한가. 어디에 살든 사람의 근본이 다르지는 않은 법이거늘 이유 같지 않은 이유로 마음에 벽을 허물지 않았다. 근원도 모를 지역감정이 사람과 사람의 마음을 갈라놓고 고귀한 생명을 희생시켰는데도 자각하지 못했

다. 선입견 때문이었으리라. 사는 지역과 말투가 다르다고 소통하지 않으려 마음의 장막을 쳤다. 인사를 드리기 위해 먼 길 온 총각의 됨됨이보다는 출생지가 다르다는 이유로 색안경을 끼고 냉대했다. 이유 같지 않은 반대에 상대 쪽에서는 마음의 상처가 되었으리라. '지성이면 감천'이라고 했던가. 우여곡절 끝에 동생은 전라도 총각과 결혼 승낙을 받았다.

동생은 함평 시댁에서 몇 해를 살더니 말투도 바뀌고 어느새 홍어 예찬론자가 되어 있었다. 코가 쐐하도록 삭힌 홍어가 무에 그리 맛있을까. 우리가족 중 아무도 홍어에 관심이 없었다. '누구나 주어진 환경에 적응하며 사는구나.'라고 생각하며 건성으로 들었다. 지역정서도 음식 문화도 시간이 흐르면서 자연스럽게 동화되었으리라. 지역적 이질감 때문인가. 동생을 생각하면 홍어에 대한 기억이 떠오른다. 아마도 잔칫날 제대로 먹어보지도 않고 암모니아 냄새가 풍기는 고약한 맛이라고 단정해버린 편견이 문제였다. 처음 맛보았던 홍어에 대한 기억 때문인지 오랫동안 홍어를 거들떠보지도 않았다. 누가 "홍어 먹으러 갈래요."라는 말이 나오면 손가락으로 코를 찝는 시늉까지 했다. 자주 접하는 음식도 아니거니와 그 맛을 제대로 느끼고자 하지 않았기 때문이다.

홍어는 삼합이 어우러졌을 때 제맛이 난다. 삭힌 홍어에 삶은 돼지고기와 잘 숙성된 김치를 올려 먹으면 세 가지 특성이 어우러져 환상의 조화를 이룬다. 음식 궁합으로도 기름진 돼지고기와 김치, 성질이 찬 홍어와 막걸리는 금상첨화이다. 나는 오랜 세월이 지난 후 홍어 삼합의 맛을 제대로 알게 되었다. 홍어에 대한 지나친 편견을 깨고 그 맛을 음미하게 된 것이다. 그 맛은 막힌 코를 뻥 뚫어주는 기찬 맛이다. 각각의 독특한 성질을 살리면서도 서로 어우러져 오묘한 맛을 낸다.

어머니 집에는 해마다 햅쌀이 택배로 온다. 함평 사돈어른께서 농사를 지어 보내오신 쌀이다. 동생 부부가 결혼한 이후로 한 해도 그러지 않고 직접 재배한 농산물을 보낸다. 매년 받기만 하고, 인사 한 번 제대로 한 적이 없어 미안하고 송구스럽다. 안산에 사는 제매는 매년 아버지 기일을 잊지 않고 제사를 모시러 대구로 내려온다. 길도 멀고 직장생활이 바쁠 텐데 그 마음이 한결같다. 제매를 대하면 편협한 생각으로 사람을 대했던 자신을 돌아보게 된다.

홍어 삼합의 조화로운 맛을 왜 이제야 알았을까. 그 특유의 맛을 알기도 전에 고약한 음식이라는 단정 때문이다. 물류 배송이 원활해지면서 홍어는 내륙 깊숙이 들어와서 지역의 경계를 허물고 별미가 되었다. 코를 막고 고개를 돌리며 손사래치던 사람도 톡 쏘는 그 맛을 인정하고 호감을 느낀다. 고유의 성질을 버리지 않고 꿋꿋하게 자기의 정체성을 지킨 홍어의 승리다.

한몸에서 태어난 형제도 제각각 개성이 다르다. 상대의 다름을 인정하면 사람 사는 맛을 느낄 것이다. 음식도 다 똑같은 맛이면 무맛이나 다름없다. 소금은 짜고 설탕은 달아야 제맛이다. 저마다 자기 고유의 성질을 지켜야 조화로운 음식궁합을 이룰 수 있다.

모처럼 남도 여행을 떠나게 되었다. 동생 결혼식 때 갔었던 길을 가노라니 홍어에 대한 기억과 그날의 일들이 주마등처럼 스친다. 얼마 만인가. 오랜 세월이 지났건만 별반 달라지지 않은 도로 사정에 적잖이 놀랐다. 88고속도로는 영, 호남을 이어주는 동맥과 같은 중요한 길임에도 지역 간의 이질감만큼 구불구불 소통이 원활하지 못하다. 나중에 안 사실이지만 이 도로는 다른 곳에 비해 치사율이 세 배나 높다고 한다. 고속도로는 소통이 원활해야 하건만 공사 속도가 거북이처럼 느리다. 조속히 확장공사가 마무리되어 코를 뻥 뚫어주는 홍어 삼합처럼 각 지역의 특성을 인정하고 화합하여 국익에 도움을 주는 가교 역할을 할 수 있기를 고대한다.

거먹이 독

독은 살아서 숨 쉰다.
아버지의 아버지 그 아버지의 아버지가 살았던 선사시대로부터
독은 우리 곁에 가까이 있었다.
다소 투박하고 고집스럽게 보이지만
살림살이의 척도요 맛의 증표이다.

4부
꺼먹이 독

검사

 번쩍거리는 신차나 외제차가 지나가면 괜히 주눅이 든다. 내 차는 외장도 빛바래어 흠집 투성이고, 엔진도 힘이 모자라 소리만 요란할 뿐 가속도가 붙질 않는다. 날렵한 외형을 자랑하며 쏜살같이 추월하는 차를 보면 격세지감을 느낀다. 한때는 중형차로 부러움을 샀는데 세월을 비켜갈 수 없는 모양이다. 해가 갈수록 탈이 나는 주기도 빨라지고 정비사의 처방도 심각하다.

 한증막 같은 더위가 기승을 부린다. 땡볕에 주차해둔 차에 타니 불가마가 따로 없다. 창문을 내려 환기를 시키고 에어컨을 틀어도 비지땀이 흐른다. 열기가 웬만큼 빠져나갔다 싶어 창을 올려도 에어컨 통풍구에는 여전히 더운 바람만 나온다. 얼마 전 에어컨 냉매를 충전하고 여름나기 준비를 했건만 차

안에 냉기라곤 없다. 불과 한 달 전에 주입한 냉매가 다 빠졌다면 어딘가 심각한 문제가 생기지 않았을까? 불길한 예감이 스친다.

정비소에 가서 점검을 받았다. 고개를 갸웃거리는 정비사의 표정이 얄궂다. 에어컨 가스가 어디서 새는지 구석구석 살피더니 "냉매가 다 빠지고 하나도 없어요. 차를 두고 가세요."라고 한다. 간단한 진찰로는 원인을 찾을 수 없으니 병원에 입원하는 격이다. 차를 맡겨두고 돌아오는 발걸음이 무겁다. 연식에 비해 자잘한 고장은 몇 번 있어도 큰 탈은 없었는데 점점 수명을 다해가는 것 같아 안타깝다. 제발 큰 탈이 없기를 바랐지만, 불길한 예감은 보란 듯 적중했다. 눈에 보이지 않을 정도로 실금이 간 부속을 찾아내는데 꼬박 이틀이 걸렸다. 세월은 쇳덩어리도 부식하게 하는 모양이다. 힘차게 고동치던 엔진도 감기에 걸린 듯 쿨럭거리고, 시간의 무게를 견디다 못해 낡고 헐거워진 부품이 통증을 호소한다. 어쩌면 통증보다 더 무서운 것이 무관심이다. 온갖 풍상을 겪으면서 주인의 발이 되어 주었던 그 정이야 말해서 무엇하랴만, 이별의 시간이 점차 현실로 다가옴을 느낀다. 더 세심한 관심과 관리가 필요한 시기지만 중고차라는 이유로 천덕꾸러기다. 아무리 보채도 꼭 탈이 나고서야 병원에 가는 식이다.

건강관리협회로부터 여러 차례 건강검진을 받으라는 연락

이 왔다. 상냥한 직원의 안내에도 매번 시간이 없다는 핑계를 대며 차일피일 미루고 있다. 생리학적으로 25세가 넘으면 모든 기능이 떨어진다고 한다. 나이가 들수록 정기적으로 검진을 받아야 하는데도 별 탈이 없기를 바라며 대충 넘긴다. 혹 이상이라도 발견되면 어쩌나 하는 두려움 때문일까. 약간의 자각증상이나 이상 신호는 애써 무시해버린다. 예를 들면 변의 색깔이나 냄새가 평소와 다르다든지, 피로감을 넘어 몸이 무기력해지는 변화도 인체가 보내는 신호일 것이다. 얼마 전 암 선고를 받고 생사의 갈림길에서 고통 받던 친구의 아내가 세상을 떠났다. 호미로 막을 것을 가래로 못 막은 셈이다. 검진을 통해 조기에 암을 발견했더라면 치료가 가능했을 것이다. 가끔 가까운 사람이 암에 걸리거나 생명의 끈을 놓을 때 불에 덴 것처럼 화들짝 놀라면서도 하룻밤 자고 나면 어느새 무덤덤해진다.

승용차 에어컨 부속을 교체하고 시운전을 했다. 차가운 바람이 차내 공기를 시원하게 한다. 염료를 투입하여 눈으로 보기 어려운 미세한 틈으로 가스가 새는 원인을 찾았다. 목돈이 들어갔지만 시원한 바람이 보상을 해준다. 만약 차일피일 미루었다면 무더위에 어떻게 버텼을까. 더위가 지나가면 '소 잃고 외양간 고치는 격'이니 서둘러 잘 고쳤다.

두 해 전 대장내시경을 하고 용종 세 개를 떼어냈다. 검사

전 굶은 상태에서 시약을 마시고 화장실을 들락거리는 일은 고역이었다. 의사가 장에 카메라를 집어넣어 용종을 찾아내는 과정도 쉽지는 않았으리라. 의사는 대장내시경의 결과물로 유두처럼 생긴 세 개의 용종이 인화된 사진을 내밀었다. "이걸 그냥 방치하면 암으로 진행될 수 있었어요." 엄지손톱만 한 종기를 보니 비수를 들이대지 않아도 섬뜩하다. 모르고 사는 것이 약이 될 수도 있지만, 해가 되는 경우도 있구나. '저 녀석'을 내버려두었다가 암이 되었다면 어쩔 뻔했는가.

자동차 우측 계기판에 빨간 경고등이 들어온다. 자세히 들여다보니 오일이 눈물처럼 떨어지는 표시다. 오래전에 자동차 지침서를 쓰레기장에 버렸으니 경고등 표시가 뭔지 정확하게 알 수 없다. 차는 여전히 별 탈없이 달리고 경고등도 가끔씩 깜박거린다. '정비소에 가봐야지' 하면서 다음으로 미룬다.

용종을 떼어내고 2년 후 재검사를 받으라고 권유한다. 최근 변이 가늘어지고 설사 횟수가 잦다. '별일 없겠지' 하면서 외줄을 타는 것처럼 조마조마할 때도 있다. 스스로 자각할 수 있는 여러 경고등이 깜박거린다. 과속하지 말고 천천히 가라는 평범하고 일상적인 경고도 있고, 가는 길을 멈추거나 되돌아가라는 신호를 보내기도 한다.

미뤄둔 일이 많다. 자동차 점검도 받아야 하고 대장내시경

검사도 받아야 한다. 앞만 보고 과속으로 달리는 삶의 속도도
줄여야 하는데 나는 여전히 미루는데 익숙하다.

손발의 상생

    손과 발은 친구이다. 그러나 두 기능은 서로 확연히 다르다. 손의 기능은 가장 기본적인 욕구충족에서 아주 섬세하고도 창조적인 경지에 이르기까지 미치지 않는 곳이 없다. 손으로 이루어지는 창조적인 행위는 마술세계와 같다. 웅장한 건축물, 섬세한 예술작품, 최첨단 발명품도 손을 통해 완성된다. 또한, 손은 체온 조절과 언어로서의 기능을 수행하기로 한다. 수화는 손으로 하는 가장 원초적인 세계 공통어다.

    발의 기능도 결코 손에 뒤떨어지지 않는다. 흔히 발을 제2의 심장이라고 말하는 데는 그만한 이유가 있다. 발의 움직임으로 말초의 혈액을 심장으로 뿜어 올려주기 때문이다. 심장의 펌프 작용으로 혈액은 산소와 영양분을 공급하고 말초의 침전된 독소나 노폐물을 회수하여 배출하는 역할을 한다. 발은 체중을 지지하고 타관절로 전달될 충격을 흡수하며 다른 지체가 운동성을 수행할 수 있도록 도와준다. 발의 이동수단이 없다면 손의 기능이 아무리 다양해도 손으로서의 순기능을 다하지 못한다. 그래서 손발은 암묵적으로 친구이며 상생의 관계이다.

손발은 서로 자기가 잘났다고 내세우지 않으며 말없이 돕는다. 손이 발더러 너는 필요 없다거나 발이 손더러 너는 소용이 없다고 말하지 않는다. 만약 서로가 불신하거나 어느 한쪽에 장애가 온다면 사소한 일상조차도 불편함을 감당하기 어렵다. 수족은 상대를 존중하고 공존함으로 최상의 기능을 한다. 밤이 되면 온종일 발의 수고로움을 위무해 주고자 손은 냄새나는 발가락 사이에까지 자신을 내어주기를 마다치 않는다. 한 지체이지만 참으로 아름다운 상생이다.

지인 중에 발가락 시인이 있다. 그는 뇌성마비 장애로 손대신 발을 주로 사용한다. 글을 쓰고자 컴퓨터 자판을 두드릴 때도 발가락을 사용한다. 그래서 발가락 시인으로 불린다. 그는 밥을 먹을 때 손과 입의 협응(coordination) 기능이 이루어지지 않는다. 밥숟가락이 입으로 가면 고개가 반대로 돌아간다. 두 기능은 불협화음의 극단을 보는 듯하다. 음식을 먹거나 사소한 일상에서도 시인의 불편함은 상상을 초월한다. 어느 날 심심풀이로 그와 마주 앉아 고스톱을 쳤다. 나는 손으로 화투장을 뽑고 시인은 발가락으로 화투장을 두드렸다. 한번은 발가락으로 뽑아내는 화투장을 신기하게 바라보다 쓰리고에 일격을 당하고서야 정신이 번쩍 들었다. 그 발은 글을 쓸 때도 오락을 할 때도 손을 대신하는 진정한 친구였다.

오늘 같은 날은 화투장을 두드리는 것조차 내 손이 새삼 고맙다. 수족이 멀쩡하니 평소 잘 느끼지 못하고 무심했던 일이다. 각기 기능이 다르면서 같은 지체로 서로에게 편리함을 제공하는 수족의 공존에 경외심마저 든다. 자기가 잘났다고 내세우지 않는 겸손함은 성인군자의 도를 닮았다.

인생을 살아가며 수족과 같은 동반자적 관계가 많이 있다. 힘든 고비를 넘기며 함께해온 아내와의 동거, 소싯적부터 이어진 친구와의 우정, 직장동료, 수많은 인간관계가 그러하다. 그러나 안타깝게도 살아온 날들을 뒤돌아보니 수족처럼 가까운 사람들에게 받은 상처가 더 크고 골이 깊다. 상대의 마음을 헤아려 보기도 전에 자신이 더 잘났다고 무시하며 살았다. 잘난 것도 없으면서 실컷 우기고 나면 스스로 상처받고 외로웠다. 곁에 든든한 상대를 두고도 바로 보지 못한 어리석음이여. 먼저 상대를 배려하는 마음이 없다면 손발이 맞을 수 없다. 자신을 기꺼이 내어줄 때 수족과 같은 친구를 얻을 수 있으리라. 손과 발처럼 좋은 인간관계를 맺는다면 얼마나 아름다운 인생인가.

나이가 들수록 절해고도에 버려진 것 같은 고독을 느낄 때가 있다. 천근 같은 삶의 무게를 나누어 깃털처럼 가벼워질 수는 없을까. 오늘 그런 친구가 그리운 날이다.

쉼표

　친구가 길지 않는 생을 마감했다. 주인의 죽음을 알 리 없는 돼지들은 아무런 영문도 모른 채 주린 배를 채우기 위해 꿀꿀거린다. 강변에 있는 겨울 돈사에서 뇌출혈로 쓰러진 그는 다시 삶의 터전으로 돌아오지 못했다. 그의 죽음을 두고 돼짓값 폭락보다 더 흉흉한 말들이 이웃의 입방아에 올랐다. 그의 아내는 '소크라테스'의 아내보다 더한 악처라고 했다. 사실인지 무근인지는 몰라도 죽은 자의 몫은 아닌 듯하다.

　'법 없어도 살 사람'이라고 했던가. 누가 보더라도 우직할 정도로 정직한 친구였다. 황소같이 큰 눈에 말수가 적었다. 학창시절 공부도 잘했다. 대학 진학을 포기하고 왜 고향에 눌러앉았는지, 가난 때문만은 아니었을 것이다. 정도의 차이는 있어도 너나없이 빈곤하기는 마찬가지였다. 그때는 살길을 찾아 다투어 고향을 떠나던 시절이었다. 새마을 운동이 초가 지붕을 걷어내고 개량지붕으로 겉모양은 달라졌지만, 산촌 생활이 별반 달라지지 않았다. 사방을 둘러봐도 겹겹이 산이었다. 마을에는 다랑논 몇 마지기가 전부였고 닥지닥지 붙은 비탈밭이 위태롭게 삶의 터전을 이루고 있었다. 어떤 희망을 품고 고향에 정착한다는 말은 어울리지 않았다. 당시 고향은 희망이라는 말과는 어울리지 않았다. 호구지책이나 연명이 걸맞은 단어였다.

여러 해가 흘렀다. 초등학교 동기 모임이 있었다. 언제 보아도 그의 표정은 한결같았다. 꾸밈없는 복장과 얼굴, 투박한 손이 그의 성실함을 그대로 보여 주었다. 나름 출세한 친구들의 표정과 말투는 호기가 넘쳤다. 약간의 허세를 부리는 친구도 싫지 않았다. 제대로 된 논밭 한 뙈기 없는 오지에 태어나 경쟁에 밀리지 않고 살아온 친구들의 삶은 그 자체로 대단했다. 술잔이 여러 번 부딪치고 도시 생활의 팍팍함으로 넋두리가 오갈 때 줄곧 고향을 지키며 살아온 그는 이미 자리를 뜨고 없었다. 오랜만에 고향에 온 동창들과 어울리지 못하고 왜 사라졌을까. 돼지 때문이었다. 비탈진 고추밭으로는 희망이 없었기에 돼지는 친구의 꿈을 이루어준 삶 전부였다. 비가 오나 눈이 오나 한시도 돼지우리를 떠날 수 없는 유일한 이유였다. 그의 성실함은 결국, 적잖은 실패와 시련을 딛고 일어나

매년 고액 연봉을 능가하는 수입을 올렸다.

이제 한숨 돌려도 되련만, 여전히 성실함의 고삐를 늦추지 않았다. 그러다가 지난겨울 그는 인적이 드문 돼지우리에서 쓰러져 불귀의 객이 되어버렸다. 고향에 가면 그 돈사를 지나치게 된다. 축사 위로 물통이 유독 눈에 띈다. 꿀꿀거리는 돼지들의 아우성이 귓전을 어지럽힌다. 불꽃처럼 뜨겁게 살다가 짧은 일생을 마친 인물도 있지만 그 친구의 삶과는 무관하고 어울리지도 않는다. 그저 평범하고 우직할 정도로 성실하게 살았으면 최소한 인생을 정리하는 시간은 허락해 주어야했다. 태어나서 한 번도 고향을 떠나지 않고 척박한 삶의 터전을 일구어 부농의 꿈을 이룬 그에게 졸지에 생명을 앗아가버린 것은 너무 가혹한 처사다.

여름 휴가철이다. 문 닫은 가게들이 많다. 출퇴근 시 상습적으로 막히던 도로도 한산하다. 각박한 생활 속에서도 잠시 일손을 멈추고 더위를 피해 떠나는 휴가는 쉼표가 되고 재충전의 기회가 된다. 노래 부르기도 마찬가지다. 한 소절 꺾어 넘으면 다시 호흡을 가다듬어야 뒤 소절을 제대로 부를 수 있듯이 인생살이에도 쉼표가 필요하다. 근무처를 떠나 산이나 강을 찾기도 하고 친구를 만나 호쾌하게 떠들어 대는 일탈도 삶의 활력소가 된다. 성실함을 신봉하더라도 지나침은 해가 된다. 빈틈없는 생활은 압박감과 긴장으로 스트레스가 쌓인다. 잠시 일손을 멈추고 쉬어가야 했건만, 미련스럽게도 그는 휴일도 없는 돈사의 초병을 자처하다 세상을 하직했다. 한마디로 쉼표가 없는 삶을 살다가 덜컥 생을 마감해 버렸다.

쉼표는 숨 가다듬기다. 긴장을 풀고 새롭게 달리기 위한 준비 과정이다. 힘차게 달리다가 숨이 차면 속도를 늦추고 가쁜 숨을 가다듬어야 한다. 무작정 달리기만 한다면 심장이 고장 나 멈추고 말 것이리라. 흡기와 호기는 산소를 들이마시고 이산화탄소를 배출하며 규칙적인 장단과 필요에 따라 적당하게 호흡을 조절한다. 살아가는 일도 숨고르기가 필요하다. 친구는 눈비가 오고 한증막 같은 더위가 와도 멈추거나 쉬지 않았다. 인생은 단거리 경주가 아니다. 더 멀리 달리려면 가끔 뒤도 돌아보고, 휴식도 취하며 아름다운 경치도 구경하며 살아갈 일이다.

언제 가더라도 고향의 풍경은 애잔하다. 다닥다닥 붙은 비탈밭에 고추가 빨갛게 익어간다. 돼지를 키우며 고향을 지켜온 그의 우직한 얼굴이 떠오른다. 해가 갈수록 빈농가는 늘어나고 고향을 지키는 사람은 줄어든다.

고모顧母

녹음이 짙어가는 유월이다. 정기모임을 악극 관람으로 대신하면 어떻겠냐는 연락을 받았다. 만나서 밥 먹고, 술 마시고, 기분 내키면 노래방 가는 뻔한 레퍼토리에 싫증이 나던 차였다. 신선한 발상에 흔쾌히 동의하고 수성 아트피아 용지홀을 찾았다.

"어머님의 손을 놓고 돌아설 때에 부엉새도 울었다오, 나도 울었소." 이별의 애틋한 심정을 그린 가사 중에 이보다 더한 노랫말이 있을까. '고모'라는 지명의 유래가 그것을 말해준다. "독립운동을 하다가 감옥에 갇힌 두 아들을 면회하고 고개를 넘어오던 어머니는 자식에 대한 그리움과 서러움으로 자꾸만 뒤를 돌아보았다."하여 고모顧母라고 한다. 연극배우의 구성진 노랫가락이 이별의 절절함을 온몸에 스며들게 한다. '악극 비 내리는 고모령'은 일제 강점기에 강제징집으로 끌려가던 시대적 아픔과 6.25전쟁과 베트남전쟁, 70년대 산업화의 영향으로 농촌을 떠나 도시로 향했던 우리의 아픈 자화상을 재현해 주었다.

유월은 호국보훈의 달이다. 자식을 전쟁터로 떠나보내고 가슴 졸이며 살았을 어머니의 기다림, 고귀한 사랑과 한이 빙산의 일각처럼 수면으로 떠오르는 유월이다. 전쟁터에 떠나보낸 자식을 오매불망 기다리다 전사통지서를 받아 들어야만 했던 심정은 어떠했을까. 악극 '비 내리는 고모령'은 단순한 이별의 메시지가 아니었다. 식민지배, 전쟁, 가난, 이별의 한이 담긴 우리 부모님의 이야기다. 악단과 관객이 어우러져 함께 부르는 〈동백 아가씨〉, 〈월남에서 돌아온 김 상사〉, 〈럭키 서울〉, 〈노란 샤쓰의 사나이〉도 시대상황을 그대로 반영한 노래다.

시내 곳곳에는 자정이 넘은 시간임에도 불야성을 이룬다. 국적을 알 수 없는 음악과 술에 취해 휘청거리는 젊음이 호국보훈의 달을 무색하게 한다. 흥청거리는 거리의 풍경과 젊음을 탓하고 싶은 생각은 없다. 다만 새벽에도 귀가하지 않는 자식을 애타게 기다리는 부모의 마음을 조금이라도 헤아릴 수 있으면 좋겠다. 얼마 전 대구에서는 성범죄자가 여대생을 피살하는 사건이 일어났다. 장래가 구만리 같은 자식이 다시는 부모의 품으로 돌아올 수 없는 곳으로 떠나버렸다. 참으로 안타깝고 원통한 일이다. 자식 둔 사람은 세상이 험해졌다고 걱정이다. 조국을 위해 전쟁터에 나간 것도 아니면서 부모님의 마음을 애타게 해서야 되겠는가. 우리 곁에는 늘 가슴 졸이며 기다리는 어머니가 있음을 잊지 말았으면 좋겠다.

나의 고향은 두메산골이다. 내가 대학에 다닐 때는 읍내에서 버스를 갈아타고 꼬박 반나절을 넘겨야 대구로 나올 수 있었다. 고향을 떠나올 땐 늘 어머니가 동구에 서 계셨다. 자식의 장래에 대한 기대와 걱정으로 애써 눈물을 감추시며 오래 뒷모습을 지켜보시던 당신이다. 방학이 끝나고 도시로 나갈 때, 군복무를 위해 길을 나설 때, 명절이 끝나고 직장으로 돌아갈 때, 어머니는 아들의 모습이 사라질 때까지 장승처럼 서 있었다. 하얀 찔레꽃이 피는 이맘때면 고향의 좁은 길이 아련히 떠오른다. 서낭당 넘어 돌아가는 길모퉁이마다 애틋하고 서러운 사연이 오랜 세월이 흘러도 빛바래지 않은 채 고스란히 남아 있다. 기력이 쇠한 어머니는 오늘도 자식이 오려나 돌아보고 또 돌아본다.

그 가방에 무엇이 들었을까

    시선이 가방에 머문다. 커피향이 가득한 커피 전문점 앞 낯익은 거리에서도, 순대에 김이 모락모락 피어오르는 재래시장에서도 마찬가지다. 보도를 지나는 아가씨의 하이힐이 소리가 유난히 또각거려도 눈길은 가방 상표에 머문다. 시대에 뒤떨어진 얼간이인가. 나는 루이뷔통이며 샤넬, 발렌시아가, 구찌 같은 명품에 교감신경이 항진 작용을 일으키며 민감하게 반응한다. 명품가방을 소유하지 못하면 품위가 곤두박질하거나 시류에 뒤떨어지기라도 하는 걸까. 재래시장에는 거기에 어울릴 법한 장바구니가 제격인데 명품가방을 든 사람이 활보하는 모습을 보면 괜히 눈꼴이 사나워진다. 한쪽 손에 물건을 담은 검은 비닐봉지와 반대편 손에 들린 명품가방의 비대칭적 구도가 심기를 불편하게 만든다.

설령 그 모양새가 조화롭지 못하더라도 타인의 가방에 시선을 빼앗기는 오지랖 넓은 행위는 도대체 무엇이란 말인가. 천편일률적이라고나 할까. 명품이라는 무기로 주위의 시선을 끌어보려는 과시욕에 대한 실망감이나 반감인가. 명품에 열광하는 행태가 자본주의가 낳은 자연스러운 부산물로 치부한다면 과연 나와 무관할까. 인수분해도 제대로 못 하는 비수학적 머리를 가졌지만 무시로 느껴지는 지각은 가끔 명품에 관한 긴 생각에 빠지게 한다.

예약이 잔뜩 밀린 성형외과에서는 오늘도 유명 연예인 닮은 코와 눈을 성형해낸다. 상품의 가치가 디자인이나 포장 기술에 비중을 두는 것처럼 성형의 가치를 이와 빗대어 가늠해 보는 것은 무리수일까. 신흥 경제 대국의 재벌이 아니라도 성형이나 모발이식 등 의료 쇼핑을 위해 찾아오는 외국인이 늘어나는 추세이다. 인류는 자연환경에 의해 진화했을 것이고 그에 걸맞은 신체 구조와 특색을 가지고 있지만, 이제 미의 기준도 동·서양의 벽이 허물어진 듯하다. 흔히들 이야기하는 지구촌 시대에 살면서 비슷한 콧대와 쌍꺼풀진 눈을 개성미 없는 상품과 동일시하는 인식은 시대착오적 발상일까. 자기 본래의 외적인 모습을 타인의 기준에 맞추다니 나로서는 어처구니가 없다.

상업적 미의 기준만이 난립하는 세상이 된 듯하다. 진정한 아름다움의 가치를 잃어버리고 사는 것은 아닌지 의구심이 든다. 물질의 풍요에 반해 정신적 함량 미달에 절망감을 느낀다. 성형으로 개성을 저당하여 본연의 얼굴조차 잃어버린 상실의 시대. 과연 명품가방에는 무엇이 들었을까. 또한, 미인의 마음은 무엇을 품었을까. 그 속을 들여다보지 못하는 안타까운 시선이 가방 상표에 머무는 것이다.

가끔 '설마가 사람 잡는다.'라는 말처럼 상상의 일이 현실이 될 때의 충격은 말로 표현하기가 쉽지 않다. 어떤 카페에서 일이다. 훔쳐보려고 한 것이 아니라 아주 우연히 보았다. 대학생처럼 보이는 숙녀가 명품가방에서 담배를 꺼내 물고 불을 댕기는 모습은 고가품의 기대를 한방에 무너지게 하였다. 그 기대란 것은 대단한 것이 아니다. 단추가 떨어질 때를 대비한 반짇고리, 교양도서나 시집 한 권, 치실이나 가글, 메모 도구 정도이다. 사실 시집 한 권의 기대는 과분한 것인지도 모른다. 하지만 예쁜 코와 눈을 가진 미인이 시 한 줄의 행간에 쉼표를 찍고, 따뜻한 마음으로 웃음을 선물한다면 명품의 위력은 정말 대단할 것이다.

아름다운 삶의 덕목을 팽개쳐두고 명품 따위로 자기를 위로하고 보상받으려는 것은 지극히 무가치한 일이다. 타인에게 혐오감을 주는 이목구비가 아니라면 성형을 하는 것도 그다지 바람직하지 않다. 눈이 작으면 작은 대로 콧대가 낮으면 그 나름의 매력이 있다. 조물주로부터 남과 다른 특별한 신체적 기능이나 재능을 선물 받았기 때문이다.

타인의 가방 속 풍경은 상상의 일이지만 명품이라는 상표에 연연하기보다는 가방과 마음속에 무엇을 담을 것인가. 선택은 온전히 자신의 몫이다. 조물주가 준 자신의 재능을 극대화해 사회에 환원하는 피드백이 있다면 남다른 가치 창출과 명품 인생이 되는 것이다.

내 앞가림도 못하면서 타인의 가방에 의혹의 시선을 날리는 것은 바람직하지 못하거나 덜떨어진 얼간이 행동이다. 지난해 고등학교를 졸업한 딸이 쌍꺼풀수술을 하였다. 대학 등록금의 절반이나 되는 금액을 현금으로 내고 나와 다른 쌍꺼풀눈을 가지게 되었다. 성형을하기까지는 부녀지간 미묘한 감정의 기류가 흘렀다. 딸은 작은 눈도 눈이려니와 눈썹이 자주 눈을 찔러 고생이 심했다. 나는 외적인 모습보다는 내면을 아름답게 가꾸어야 한다는 생각이 지배적이어서 아이의 고충을 헤아려주지 못했다.

'신체발부는 수지부모'라는, 고루하다 싶은 유교적 관습을 지키려는 것이 아니라 외형에 치우치는 외모지상주의 사회 현상이 넌덜머리가 났다. 이에 대한 반발심이 유연하지 못한 사고의 틀을 형성하였을 것이다. 2년의 세월이 흐르고 아내의 중재에 의해 기치를 높이 들고 휘날리던 나의 주장은 슬그머니 꼬리를 내렸다. 민망하다. 자기 앞가림도 못하는 주제에 타인의 가방에 시선을 빼앗기다니.

언제 내 딸이 명품가방을 둘러메고 보란 듯 거리를 활보할지 불편한 심기는 잠시 유보한다.

가랑코에

　'가랑코에'가 진홍색 립스틱 같은 꽃을 올망졸망 피웠다. 여러 꽃송이와 진초록의 잎들이 다닥다닥 붙어서 더 앙증맞다. 소화 선생이 나의 사무실을 방문하면서 선물로 가져온 화분이다. 하얀 사다리꼴 모양의 아담한 분은 '가랑코에'와 퍽 잘 어울려 책상에 올려 두기에 제격이다. 그러나 어떻게 키울지가 고민이다. 식물을 선물 받을 땐 마음이 편치 않다. 여느 선물이라면 내 뜻에 맞게 사용하면 되지만 식물은 다르다. 보살펴야 할 아이를 떠맡은 기분이다. 받을 때의 즐거움은 잠시다. 물을 주어야 할지 말아야 할지, 횟수나 양은 어느 정도가 적당한지, 판단은 오로지 나의 몫이다. 여간 정성을 기울이지 않으면 오래 못 가서 고사枯死시키기 쉽상이다.

　분은 소모품이 아니다. 준 사람의 성의를 생각해 함부로 누굴 줄 수도 없다. 혹 선물을 주신 분이 다시 방문했을 때 자신의 분益이 없으면 얼마나 서운하겠는가. 식물을 두고 보거나 잘 키우려는 마음이야 왜 없을까. 그러나 식물을 키우려면 관심과 부지런함이 동반되어도 생각지 못한 수고로움이 따른다. 또한, 식물을 고사시키면 어쩌나 하는 마음이 은근한 부담으로 작용한다. 사실 선물을 주는 마음은 고맙지만, 나에게 분은 썩 달갑지 않은 선물이다.

소화 선생은 이러한 내 마음을 눈치챈 걸까. "가랑코에는 생명력이 좋아서 조금만 정성을 기울여도 잘 크는 식물이에요."라는 말을 남기고 사무실을 나갔다.

식물에 대한 나의 게으름과 관심 부족이 쉽게 바뀌지는 않는다. 화분을 책상 모서리에 두고도 정성을 기울이지 못했다. 푸른 줄기와 잎만 무성한 가랑코에를 대하는 태도는 정물을 보듯 단조로웠다. 내 마음이 이러니 동료직원들도 무심하게 대하기는 마찬가지였다. 삭막한 인간의 마음이 원망스러워 가랑코에는 스스로 자구책을 강구했을까. 무관심으로 사막 같은 갈증 속에서 어느 날 하나같이 처절하게 핏빛 꽃을 토해내며 시선을 끌었다. 꽃잎은 푸른 치마폭에 수를 놓은 듯 올망졸망 피어 한 폭의 그림 같다.

눈 밖에 난 화분이 꽃을 피워 마음을 사로잡는다. 식물의 끈질긴 생명력에 새삼 놀란다. 물도 주지 않았는데 어떻게 생명의 화신을 피워 올렸는지 감탄하지 않을 수 없다. 아마 죽을힘을 다했을 것이다. 일정 기간 주인의 관심을 끌지 못하면 스스로 죽음을 선택할 수밖에 없는 생사의 기로에서 온 힘을 다했을 처절함을 생각하니 숙연해지기까지 한다.

적잖은 나이에 국문학과에 편입했다. 전공과 다른 분야의 공부라서 쉽지 않은데다 기억력 감퇴가 더 큰 문제였다. 예전 같으면 두서너 번 반복하면 기억할 것도 책장을 덮고 돌아서기가 무섭게 잊어버린다. 직장생활과 여러 단체의 모임으로 공부 시간이 늘 부족하다. 겨우 과제를 제출하고 돌아서면 시험 날짜가 임박하다. 성적이 엉망이다. 그나마 과락을 하지 않아 위안이 되긴 하지만 결과는 늘 실망스럽다. 마음속에 품고 살았던 꿈이 현실에 직면하니 헤쳐 나가야 할 길 또한 멀게 느껴진다.

세상에 쉬운 일이 어디 있으랴. 한 가지 일이라도 제대로 할 것을 괜히 시작했다는 후회가 밀려온다. 직장에서도 전공과 무관한 공부인지라 눈치가 보인다. 뒤늦게 시작한 공부로 문학의 꽃이라도 피울 셈인가. 모두 무관심할 터이지만 스스로 자문자답해 본다. 아무도 알아주지 않으면 어떤가. 나 스스로 마음속에 품고 살았던 원하는 공부가 아니던가. 여건이 어렵지만, 인내의 끝에 보잘것없는 꽃이라도 피워볼 요량이다. 뭇 사람의 눈에 들지는 못할지라도 나에게는 찬란한 꽃이 될 터이다. 남은 학기를 생각하니 갈 길이 멀게만 느껴진다. 마음이 뒤숭숭해서 술잔을 기울였다.

전날 마신 술로 푸석푸석한 얼굴을 하고 출근하여 자리에 앉았다. '가랑코에'가 두 번째 꽃을 피웠다. 한동안 물을 주지 않았으니 사막 같은 갈증 속에 생명의 꽃을 피워낸 것이리라. 화분이 흠뻑 젖도록 물을 주었다. 볕이 잘 들고 바람이 드나드는 창가로 옮겨 놓았다. 틈나면 창가로 가서 꽃을 바라본다. 온 힘을 기울여 피운 생명의 꽃이 마음에 자리한다. 죽음의 고비를 넘기고 마음을 빼앗아 가는 앙증맞은 꽃이다. 사선을 넘어 아름다운 자리를 찾을 줄 아는 가랑코에가 자랑스럽다.

만학으로 시작하는 문학공부도 '가랑코에'처럼 의연히 선혈 같은 꽃을 피워 뭇 사람의 마음자리를 차지하면 좋겠다.

꺼먹이 독

꺼먹이 독은 오래 사귄 친구처럼 친근하다. 여염집 여인을 닮아 겉멋을 부리거나 꾸밈이 없어 대하기도 편하다. 소박하면서도 정갈하여 절로 미소를 머금게 된다. 유약을 발라 민얼굴은 아니지만, 도자기와는 사뭇 다른 멋스러움이 깃들어 있다. 1,200도의 불가마에서 수십 시간 고열을 견뎌낸 담담함. 꺼먹이 독은 아무도 보지 않는 가마 속에서 맵고 뜨거운 눈물을 흘리고 나서야 특유의 까만 자태를 지니게 된다. 독이 구워지는 마지막 순간에 솔가지나 연기가 많이 나는 연료를 넣고 아궁이와 굴뚝을 막아 연기가 빠져나가지 못하게 하면 그을음이 발생한다. 이때 발생한 탄소가 옹기의 미세한 구멍에 스며들어 꺼먹이 독으로 변신한다.

할머니는 도자기를 닮았다. 우수에 젖은 당신의 모습은 시리도록 푸른 하늘이 밴 듯도 하고 금방이라도 쨍하고 깨어질 듯 청아함이 깃들어 있었다. 언제나 한 치 흐트러짐이 없는 자태는 난초같이 빼어난 기품이 엿보였다. 양반 가문에서 곱게 자라 선비의 아내로 살다 남편을 여의고 재취가 된 팔자 사나운 여인이라고는 도무지 믿기지 않았다. 궁핍하게 형편에도 글만 읽다가 짧은 생애를 마쳐버린 선비의 아내에게 남은 것은 세 아들과 굶주림뿐이었다. 도자기와 같은 삶은 한 가닥 봄꿈에 지나지 않았다. 도자기는 아무짝에도 쓸모없는 거추장한 물건일 뿐이었다.

자신을 깨고 꺼먹이 독이 되고자 결심하기까지는 많은 갈등과 고뇌의 시간을 보내야 했으리라. 청상과부, 사별의 아픔보다는 올망졸망 달린 자식을 먹여 살리는 것이 급선무였다. 젊은 새댁이 찬바람 몰아치는 겨울, 다래끼를 매고 음식을 구걸하여 생명을 부지하기에는 한계가 있었던가. 한 남편만 섬기려는 '일부종사'는 냉정한 현실 앞에서 무용의 가치에 불과했다. 뜨거운 가마에 구워진 꺼먹이 독처럼 아픔과 고초를 견디고 담담하게 거듭나야 했다.

독은 살아서 숨쉰다. 아주 먼 옛날부터 독은 우리 곁에 가까이 있었다. 다소 투박하고 고집스럽게 보이지만 살림살이의 척도요 맛의 증표이다. 외부로부터 해충을 막아주며 안팎으로 공기가 소통함으로 음식물의 부패를 막고 발효를 도와

준다. 유년의 우리집 뒤란은 정화수를 올려두는 신주돌이 있었고 반들반들 윤이 나는 항아리가 토담 아래 해바라기했다. 그 대열에 끼지 못하고 곳간에 두었던 꺼먹이 독은 도깨비 방망이에 버금가는 단지였다. 곳간은 아무나 함부로 드나들 수 없었고 열쇠는 잠시도 할머니의 허리춤을 떠나지 않았다. 귀한 손님이 오면 곳간의 독에서 쌀과 날계란이 고지바가지에 담겨 나오고 손자에게 줄 홍시며 엿가락이 나오기도 했다. 꺼먹이 독은 더러 아랫목에서 술독으로도 변신했다. 만물이 잠들고 은은한 달빛만 격자문을 비추는 적요한 밤에는 술 익는 소리가 사랑의 속삭임처럼 들리곤 하였다. 이슥한 밤, 술 귀는 소리는 귀뚜라미 울음소리나 다듬이 소리에 버금가는 정취가 있었다.

할머니의 재혼은 도자기의 삶에서 꺼먹이 독으로 변하는 삶으로의 선택이었다. 그 당시 재혼은 손가락질 받는 일이었고 한 여인에게는 평생 짊어지고 가야 할 멍에였다. 도자기의 삶을 포기하면서 뼛속까지 꺼먹이 독이 되고 싶어서일까? 당신은 독을 신줏단지처럼 다루었다. 하루가 멀다며 수시로 독을 닦았다. 까만 독에 농주를 담그는 일은 종교의식처럼 경건했다. 나는 마당 귀퉁이에 쪼그려 앉아 일련의 과정을 호기심 어린 눈으로 지켜보곤 했다. 싸리비로 마당을 쓸고 집 주변을 정리하고 몸과 마음을 단정히 하였다. 참빗으로 곱게 빗어 비녀를 찌른 머리카락은 한 올 흐트러짐도 없고 치맛단이 끌리지 않도록 허리에 질끈 동여맨 무명천은 전쟁터에 나가 목숨이라도 던질 기세였다. 짚단에 연기를 피워 꺼먹이 독을 소독할 때 할머니는 눈물을 흘렸다. 소독된 독을 씻어 거꾸로 세워 물기를 빼서 말리고 마른 수건으로 닦아내며 단 한 점의 불순물도 허용하지 않았다. 모든 준비가 끝나면 미리 챙겨둔 솔가지와 누룩, 술밥을 버무려 꺼먹이 독에 퍼 담았다. 물두멍에서 정수된 물을 술독에 붓고 하얀 천으로 덮은 다음 고무줄로 봉하면 비로소 의식이 끝났다.

독은 자정작용을 한다. 사시사철 외부환경의 변화에 적절하게 반응하며 안과 밖의 공기와 온도를 조절하여 품은 재료가 오래도록 썩지 않게 만든다. 옹기는 기벽에 잡물을 빨아들이거나 바닥에 가라앉게 하여 물을 맑게 한다. 기공이 숭숭 나 있는 몸체는 수분을 빨아들여 밖으로 기화시키면서 열을 발산해 독 속에 담겨 있는 물을 항상 시원하게 해준다. 불가마에서 흘린 눈물의 흔적은 꺼먹이 독의 운명이다. 독은 들숨과 날숨을 통해 숙성과 발효과정을 거쳐 몸에 유익한 먹거리를 재창출 한다. 도자기는 기품이 있지만, 숨 쉬지 못한다. 숨결이 없는 것은 변화도 생명도 없다. 빼어난 자태와 품격을 가졌다 하더라도 정지된 것의 가치는 살아 숨쉬는 존재의 의미를 넘을 수 없다.

꺼먹이 독은 할머니의 다정한 벗이었다. 할머니도 돌아가시고 꺼먹이 독도 어디론가 사라져 버렸지만, 살아생전 옹기를 갈무리하던 당신의 결기는 오랜 세월이 흘러도 내 유년의 기억에서 시들지 않는다. 왜 그토록 독에 집착하셨을까. 불가마에서 맵고 뜨거운 연기에 눈물을 삼키고 거듭난 꺼먹이 독에 깃든 담담함 때문이리라. 주위 사람의 따가운 시선과 모진 세파도 담담히 견디며 따뜻한 숨결로 가족과 세상을 포용하며 살았던 당신이다. 자신이 택한 길을 후회하며 눈물로 세월을 보내는 것은 어리석은 일이다. "사람은 누구나 자기의 십자가를 짊어지고 인생을 살아간다."라고 톨스토이는 말했다. 한 여인이 맞닥트린 운명 앞에서 야무지고 평범한 삶으로 거듭나기 위해 꺼먹이 독은 할머니의 위안이자 분신이었다.

지금도 누군가는 자신이 선택한 삶을 담담히 받아들이고 질박하게 살아가기 위해 불가마에 구워지며 눈물을 흘릴 것이다.

결핍의 카타르시스

내가 태어난 곳은 두메산골이다. 사방을 둘러보아도 보이는 것은 병풍처럼 둘러쳐진 산이 전부다. 고개를 쳐들면 그나마 손바닥만 한 하늘이 답답한 가슴을 열어 주는 유일한 통로였다. 창공은 도화지고 뭉게뭉게 피어나는 구름은 변화무쌍한 그림이 되었다. 하늘은 사계절 풍경이 달랐다. 새털구름 아래로 기러기가 날아가는 시리도록 푸른 가을하늘이 유독 좋았다고 기억된다. 어렸지만 여명과 석양의 색조와 기운이 다름을 어렴풋이 짐작했다. 기류가 변하고 구름이 황소걸음을 재촉하면 마음도 구름 따라 산을 넘었다. 답답한 두메산골을 벗어나 넓은 세상으로 나가고 싶었다. 제트기가 날아가면서 그은 선명한 비행운이 희미해지다가 자취도 없이 사라지면 미지의 세상에 대한 동경으로 왠지 모를 아쉬움이 밀려왔다.

내가 태어났을 때 아버지는 군대에 복무하고 있었다. 나는 젖 먹을 때를 제외하고는 할머니와 함께 있었다. 그 당시 어머니는 양육보다는 고단한 노동으로 시집을 살아야 하는 며느리로서 의무감만 강요받았다. 어머니의 가없는 사랑을 의심한 적은 없지만, 불행하게도 당신의 품에 안겼던 기억이 없다. 초등학교에 입학하면서 아버지는 할머니 집에서 분가했지만 나는 따라가지 못했다. 학교에 다니기 가깝다는 이유였다. 소풍이나 운동회 날이 되어도 어머니의 모습은 보이지 않았다. 할머니는 완벽하게 손자를 차지하고 유일한 보호자 노릇을 자처했다. 어머니의 부재는 구순기, 항문기를 지난 후에도 내 성장에 상당한 결핍의 빌미가 되었으리라고 생각한다.

어머니와 함께하지 못하는 시간이 길어질수록 모자간의 결속력과 밀접한 정은 점점 옅어진 듯하다. 몹시 보고 싶다가도 방학을 맞아 함께 지내다 보면 삼일이 채 지나기도 전에 할머니 곁으로 돌아가곤 했다. 아래로 이년 터울, 여동생이 네 명이나 태어났다. 할머니는 손자를 더 귀하게 여겼고 동생들은 오빠를 부러워했다. 그러나 나는 은연중에 장남이라는 꼬리표가 내 인생의 짐이 되리라는 생각을 했다. 자반고등어 몸통을 먹을 수 있다는 특권은 있었지만 고만고만한 동생들이 오빠를 바라보는 눈동자가 생선가시처럼 마음에 걸렸다.

뭔가 모를 답답함에서 벗어나고 싶었다. 고등학생이 되면 더 넓은 세상으로 나아가려는 갈증으로 지냈다. 하지만 내 생각과는 달리 새마을운동이 한창 기치를 올릴 때 급격히 가세가 기울었다. 남들이 양식이니 화식이니 할 때 끼니를 걱정해야 하는 지경이 되어버렸다. 여러 머슴을 거느리던 대궐 같은 집은 어느 날 빚잔치로 넘어가고 식구들은 단칸방 신세를 져야 했다. 대처로 나가겠다던 꿈은 물거품이 되었고, 상급학교 진학조차 불투명한 현실이 되어버렸다.

작은아버지가 마련해준 등록금으로 시골 고등학교에 겨우 입학할 수 있었다. 가난은 참으로 불편하다는 걸 알았다. 등록금 납부 기한이 다가오면 한층 더 우울했다. 도회로 나가지 못한 탓도 있으려니와 아버지에 대한 원망과 반항심을 겨우겨우 누르며 학업을 마쳤다. 맏이라는 책임감과 마음속에 산적된 덩어리를 훌훌 털어버리고 싶었다. 막연하지만 글을 쓰고 싶은 생각으로 대학 국문학과에 응시했지만 낙방하였다. 당연한 결과였다. 한 치 앞도 예측할 수 없는 암담한 진로와 무기력함에 진저리를 쳤다. 무작정 집을 나와 친구가 공부하고 있었던 부산의 한 학원을 찾았다. 학원 현관에 금주의 명언이 붙어 있었다. "사람은 누구나 자기의 십자가를 짊어지고 인생을 살아간다."라는 톨스토이의 말이 나를 붙잡아 세웠다.

그 말은 마음의 중심을 세우는 버팀목이 되어주었다. 암담한 현실을 사회 초년생이 감당하기에는 만만하지 않았지만 다행히 탈출구가 생겼다. 광주 민주화운동으로 요동치던 그 해 유월 군대에 입대하였다. 훈련을 마치고 최전방부대에 배치를 받았다. 그 당시 부대장은 전입해온 신병들에게 수양록을 지급해주었다. 수양록은 단조로운 전방부대 일상에서 나의 유일한 친구가 되었다. 글쓰기에 대한 목마름이 있었던가. 33개월 군 복무를 마칠 때까지 매일 일기를 썼다. 지뢰를 밟아 후송을 간 전우의 안타까운 사연을 적기도 하고 사계절 자연의 변화와 사소한 초병의 일상을 적기도 하였다. 일기를 쓰면 한결 마음이 편해졌다.

IMF 경제위기로 힘들어 하던 2000년 타성에 젖은 일상에서 탈피하기 위해 풀코스 마라톤대회에 참석했다. 4개월이라는 짧은 기간 연습을 뒤로하고 무모하게 도전을 하였지만, 고통을 이겨내고 풀코스를 완주했다. 그 기쁨을 표현하고 싶었다. 그 후 마라톤 완주기를 쓰면서 고통스러웠던 순간순간을 되새기고 마음에 쌓인 응어리를 조금씩 풀어내기 시작했다. 육신과 정신 모두 긍정의 에너지로 바뀌었다. 그 후로 마라톤은 생활의 일부가 되었다. 낙동강 200km 완주, 308km 한반도 횡단 마라톤 완주, 철인 3종 경기 완주 등 점점 더 극한 도전을 하면서 고통 속에 카타르시스를 느꼈다.

한때 막연하나마 글을 쓰고 싶었던 기억이 떠올랐다. 혼자만의 마라톤 완주기가 아니라 여러 사람이 공감하고 소통하는 완주기를 쓰고 싶었다. 수필은 그렇게 나와 인연을 맺었다. 내 어린 시절의 결핍과 미지의 세계에 대한 막연한 동경의 기저에 무엇이 있었는지 새로운 창으로 보았다. 가난이 가져다 준 패배의식이 만들어 놓았던 원망과 증오의 응어리를 풀어내는 도구가 되었다. 채우지 못한 결핍과 갈증, 그것이 주로를 달리게 한 원동력이었고, 글을 쓰게 된 동기이다. 만약 결핍이 없었다면 숨이 턱에 차오르도록 헐떡거리며 달리지도 않았을 테고 머리가 백지처럼 하얗게 변해버리는 인내심을 자극하는 정신 활동도 부질없는 짓이라고 여겼을 것이다. 땀이 흠뻑 젖도록 달리고 나면 마음속 땟국이 배출된 듯 몸도 마음도 개운하다. 자판과 씨름하다 원고를 탈고하고 난 후의 후련함. 새 작품의 탄생과 나른함을 즐긴다. 육체적 활동과 정신 활동의 상호작용으로 또 다른 소통과 미지의 세상을 동경한다.

죽음과 주검

죽음은 삶과 함께한다. 그래서일까? "말이 씨가 된다."라고 하는데도 죽음은 일상의 언어에 수시로 회자된다. 신경질 나서 죽고, 피곤해서, 짜증이 나서, 더럽고 아니꼬워서, 미워서, 애타도록 보고 싶어, 배부르고 살쪄서, 꼴 보기 싫어서도 죽겠다고 한다. 정말 죽고 싶어 안달이라도 난 걸까. 죽지 못해 사는 사람은 어쩌란 말인가. 바람처럼 그물에 걸리지 않은 죽음의 마수는 가벼운 혀를 부추겨 죽음을 찬양토록 주문하는 것이리라. 그러지 않고서야 식은 죽 먹듯이 죽겠다는 단어를 입에 달고 살 수가 있을까. 죽음, 그 실체는 묘연해도 삶의 가장자리에 파고들어 호시탐탐 목숨을 노리며 서성인다.

죽음은 두렵다. 한순간 생명이 꺼지고 가는 순서가 없기 때문이다. 천하장사도 죽음의 그림자가 드리우면 정신이 망령

되고 멀쩡하던 오장육부가 시들시들 병든다. 죽음은 일말의 양심이나 가책도 없으며 용서도 거부한다. 한번 덮치면 끝장을 보려 하며 소중한 생명을 앗아 간다. 지금 이 순간에도 숱한 목숨이 이승의 한을 품고 만장의 깃발을 펄럭이며 홀연히 돌아올 수 없는 저승고개를 넘는다. 죽음이 본색을 드러낼 때는 가공할 수 없는 공포로 달려든다. 국경과 인종을 넘나들며 지진이나 천재지변, 기아와 전쟁을 통해 광폭한 실체를 드러내고 만다.

주검은 무거운 것이다. 천년 바위의 침묵이다. 모진 비바람이 불고 천둥 번개가 내리쳐도 바위는 꿈쩍도 없다. 꽃 피고 새 우는 봄이 와도 바위의 언어는 무거운 침묵이다. 이승의 경계를 넘어 온기 잃은 싸늘한 육신이 누운 자리는 침울하다. 사자의 주위에 가라앉은 공기의 질량은 가늠할 수 없을 정도로 무겁다. 미동 없는 주검 앞에서 산자의 사무침은 심중의 바위가 된다. 그 바위는 석수장이도 깰 수 없는 천근의 단단함으로 서러운 가슴에 터를 잡는다. 망나니 불효자며 자식을 먼저 보낸 어미의 가슴에도 주검은 바윗덩이로 남는다. 세월의 용광로에 서서히 부피가 줄어들어도 주검의 슬픈 기억은 언제나 무거운 것이다.

주검은 암흑이다. 아무리 고대해도 다시는 새벽닭이 울지 않는 천길 바닷속에 침잠하는 것이다. 수만 광년 별빛의 기억도 사라져 버리고 오감이 빙산처럼 얼어 붙어버리는 정지된 상태이다. 다시는 회귀할 수 없도록 희미한 낮달의 흔적도 없는 흑암으로 가득한 음부이다. 음부는 벽도 없고 끝도 없어 한 발자국 내디딜 희망을 주지 않는 암흑이다.

주검은 빈손이다. 부귀와 영화도 연기처럼 사라져버리고 추수가 끝난 들판의 황량한 여백이다. 삶의 힘겨운 짐을 다 벗은 영원한 안식의 시간이다. 눈물, 미움, 슬픔, 기쁨, 고난, 행복이 따로 존재하지 않는 무의 공평함이다. 왕이나 거지도 차별이 없는 세상의 끝이다. '공수래공수거' 빈손으로 왔다가 빈손으로 도착한 막다른 곳이 주검이다.

죽음은 산자의 두려움이고 주검은 사자의 안식이다. 죽음과 주검은 한족속이면서 성격이 다르다. 두려움과 안식, 불공평함과 공평함의 아이러니이다. 죽음은 가까이에 서성이지만 먼 곳에 있는 남의 일처럼 함부로 말한다. 주검은 정지된 상태의 안식이지만 무거운 아픔으로 받아들인다. 죽음과 주검이라는 족속은 누구도 피해 갈 수 없는 불가항력적인 것이다. 어떤 마음으로 두 실체를 들여다보아야 하나. 무신론자나 종교인이나 죽음의 인식이 필요하다. 어제를 자랑할 수 있고, 오늘을 빼앗기지 않으며 내일을 기다리는 삶을 살 수는 없을까. 죽음과 주검에 대한 막연한 생각이나 두려움을 떨치고 이 세상을 얼마나 조화롭게 살아가느냐 그것이 문제이다.

"지금 인생을 다시 한 번 완전히 똑같이 살아도 좋다는 마음으로 살아라." 차라투스트라는 이렇게 말했다.

유수부쟁선

정상을 향해 앞만 보고 서둘러 나아가는 것이 전부는 아닌 듯하다.
힘들면 쉬어가기도 하고 주위를 둘러보는 여유가 필요할 것 같다.
마음의 여유를 가지고 살아간다면 더 아름다운 것을 볼 수 있고
삶이 풍성해질 것이다.

5부
유수부쟁선

도전

가보지 않은 길은 설레고 두렵다. 도전은 설렘과 두려움으로부터 시작된다.

"떡이 생기는 일도 아닌데 왜 사서 고생이야?"

아내의 핀잔쯤은 어물쩍 웃어넘기는 것이 상책이다. 누가 보더라도 돈이 되는 생산적인 일이 아님을 인정하니까. 자신도 가끔 왜 무모한 도전을 하는지 갈등을 겪지 않은 것은 아니다. 하지만 심신을 지탱하는 힘은 '밥이 전부가 아니다'는 생각에 미치면 무뎌진 의지의 날을 다시 세우게 된다. 자기 한계에 대한 도전은 삶의 활기를 주는 가치 있는 일이라며 애써 의미를 둔다. 에베레스트나 고산을 오르는 알피니스트와 견주기에는 턱없이 부족하더라도 미지를 향한 도전의지와 열정만은 과소평가 받지 않았으면 좋겠다. 얼마 전 여주 남한강에서 열린 철인삼종 아이언맨 코스(수영 3.8km 사이클 180.2km 마라톤 42.195km)를 13시간 39분이라는 기록으로 완주했다. 다소 엉뚱한 생각과 무모함이 만들어낸 결과이다.

흔히 백세시대에 오십 대는 청춘이라고 말한다. 진짜 그럴까. 불뚝한 아랫배를 앞세우고 직장에서도 눈치를 봐야 하는 초로의 중년, 생의 반환점을 돌아본 사람이라면 그 느낌을 알 것이다. 이럴 때는 내 안에서 타다 남은 열정과 에너지가 몇 움큼이나 되는지 몸소 확인해 보고 싶어진다. 아이언맨 도전 목표를 정하고 지난 여름내 가마솥더위에 비지땀을 흘렸다. 어음만기일처럼 대회날이 왔다. 긴장한 탓인가. 낯선 숙소에서 밤새 뒤척이다 잠을 설치고 남한강 출발선에 섰다. 수면에 자욱하던 안개가 아침 햇살에 서서히 걷히고 출발 신호가 울렸다. 고기떼처럼 펄떡거리는 선수들 틈에 끼여 최대한 물속에 머리를 처박고 끝까지 살아서 완영하자고 각오를 다졌다.

내가 전생에 물고기였다면 얼마나 좋을까. 물에 대한 공포심을 억누르고 무엇이 남한강 물속에 뛰어들게 하였을까. 오만가지 생각이 스쳐 지나갔다. 어느 대회를 가든 수영은 꼴찌에 가깝다. 두 해 전만 해도 나는 수영장 근처에는 가본 적도 없는 '맥주병'이 아니었던가. 물속은 한 치 앞도 분간할 수 없을 정도로 암흑이다. 생애 가장 느리게 시간이 흐른다. 다른 영자들은 시간을 다투었지만 나는 시간의 흐름에 따를 뿐이었다.

얼마나 지났을까? 드디어 발이 육지에 닿았다. 비틀거리는 몸을 가누어 바꿈 터로 향하니 이글대는 태양이 정수리를 내리쬔다. 물귀신이 안 되고 살았다는 안도감과 해냈다는 기쁨도 잠시다. 6시간 30분 동안 끊임없이 페달을 밟고 다섯 시간 뜀박질을 하고 나니 파김치가 따로 없다. 바람, 졸음, 더위, 허기와 종일 싸웠다. 해내겠다는 일념으로 포기와 타협하지 않으려는 시간이 먼 과거의 기억처럼 느껴진다. 강렬하게 내리쬐던 태양도 서쪽 하늘에 붉은 자취를 남기며 사위어 간다. 나는 어둠이 깔리는 시간에 결승선을 향해 주단을 밟았다. 승전보를 전하기 위해 죽을힘 다해 마라톤 평원을 달려온 필리피데스처럼 두 손을 번쩍 치켜 올렸다. 반환점을 돈 나이지만 이만하면 괜찮은 거지?

내 생애 아주 긴하루가 저물었다.

유수부쟁선 流水不爭先

'流水不爭先'은 노자의 도덕경에 나오는 말이다. '흐르는 물은 앞을 다투지 않는다.'라는 의미이다. 인생살이도 이처럼 살 수 있다면 얼마나 좋을까. 경쟁하듯 살아가는 현실에서 벗어나 휴가 때만이라도 여유로운 마음으로 여행하고 싶었다. 거친 광풍과 호우를 뿌리며 두 개의 태풍이 지나가고 여름의 끝자락에 휴가를 받아 기다리던 자전거여행을 떠나게 되었다.

부산 을숙도 하굿둑에서 우리 국토의 젖줄인 낙동강을 따라 인천 아라뱃길까지 630km 국토 종주 자전거여행이다. 동력을 사용하지 않고 오로지 자신의 힘으로 페달을 밟아 떠난다는 설렘과 긴장감이 동시에 밀려온다. 잔뜩 흐린 하늘에 한두 방울씩 빗방울이 떨어지지만 주어지는 모든 상황이 여행의 일부라고 생각하니 걱정보다는 즐거움이 앞선다. 자전거 타기는 바람을 느낄 수 있어 좋다. 온몸으로 맞는 바람이 부드럽고 시원하다. 두 차례 거친 태풍을 견딘 대지의 만물이 선명한 자태로 스친다. 바퀴를 굴리기 위해 크랭크축에서 다리 근육으로 전달되는 원심력과 바람을 가르는 상쾌함이 일탈을 실감 나게 한다. 적당한 속도로 스쳐가는 나무와 풀과 주변의 풍경이 한가롭다. 육안으로 확인조차 불가능할 정도의 느린 유속으로 흐르는 강물에 비친 석양은 주단을 펼쳐놓은 것처럼 황홀 지경이다.

물처럼 흐르는 여행을 하고 싶었다. 지나온 날들을 돌아보니 여유롭게 살아본 기억이 없다. 여가 활동도 늘 자신과 다투면서 경쟁을 일삼았다. 산을 오를 때도 정상에만 마음을 두었고, 마라톤이나 철인 삼종 경기를 할 때도 완주보다는 기록에 더 신경을 곤두세우곤 했었다. 이번 만큼은 국토의 젖줄인 강을 따라 다투지 않는 여행을 하고 싶었다. 직장의 업무에서 벗어나 훌쩍 집을 떠나온 해방감으로 풍선처럼 마음이 부풀어 오른다. 4대강 사업으로 잘 다듬어진 길을 따라 한가롭게 페달을 밟는다. 배가 고프고 허기가 져도 좋을 듯하다. 항상 넘치도록 배부르게 먹고 바쁘게 살았으니 이번 여행만큼은 느린 상태로 신체의 운영 체계를 바꾸어 보는 것도 의미 있는 일이라 생각된다. 희끄무레한 강물, 이어진 길을 따라 가다

보니 어느새 어둠이 내려앉는다.

낯선 길에서의 어둠은 순식간에 느긋했던 마음을 앗아 가
버린다. 평탄하던 길이 사라지고 간이역 철로를 따라 심어진
탱자나무 울타리 옆으로 울퉁불퉁한 길이 나타난다. 그 길을
따라 한참을 가다가 아무래도 길을 잘못 들었다 싶어 뒤돌아
서 갈림길까지 다시 왔다. 표지판은 분명히 틀리지 않았다.
되돌아온 길을 확신도 없이 또다시 접어들었다. 울퉁불퉁 고
르지 못한 비포장 길을 벗어나려고 안간힘을 쓰다 보니 땀으
로 범벅이 된 팔다리에 모기며 날벌레가 사정없이 달려들어
괴롭혔다. 닭똥 냄새도 한몫 거들어 온통 밤공기를 지배했다.
국토 종주길 표지판을 찾기 위해 안간힘을 다했지만 보이지
가 않았다. 사이클 핸들 바에 달린 작은 플래시 하나만으로는
10m 앞의 시야도 확보할 수 없어 난처했다.

여유로운 여행을 자처했던 평정심은 사라지고 생존 모드가
발동을 했다. 강 주변으로 멀리 보이는 도시의 불빛과 교각의
가로등을 좌표 삼아 북쪽으로 이동했다. 길을 찾기 위해 얼마
나 안간힘을 썼는지 허기지고 배가 고팠다. 작은 면 소재지
의 식당은 일찍 문을 닫는다. 여러 곳을 헤매다가 겨우 야식
을 파는 식당을 찾았다. 낯선 곳에서 배고픔을 해결하기 위해
밥상을 대했을 때의 기쁨이란 일상의 밥상과는 다르다. 식사
후 자정이 가까워져 오는 시간이었지만 목표한 지점을 향해

다리를 건너고 들판을 지나 산굽이를 돌았다. 사납게 짖으며 따라오는 들개에 놀라 고함을 지르며 허둥대는 내 모습이 우습다. 살아온 일상의 삶이 여행지에서도 그대로 재현됐다. 배고픔을 문제 삼지 않으면서 배를 불리고 잠시라도 길을 잃을까 봐 인체의 비상체계를 가동하여 눈을 부릅뜬다.

　가다가 못 가면 쉬어가면 되는데 일정 거리만큼 나아가고자 했다. 길든 조급증이 여행지에서도 발동한 것이다. 이건 아니다 싶어 바쁜 마음을 다독이니 어둠 속에서 기울어가는 하현달과 별을 만나고, 풀벌레 소리를 듣는다. 도시의 가로등 아래서는 무심히 지났던 내 그림자, 침묵으로 따라오는 그림자의 동행이 반갑다. 낯선 여관에서 하룻밤을 유숙하고 아침 햇살이 안개를 걷어내는 황금들판을 달렸다. 인적 없는 가파른 고개를 넘고, 강을 따라 올망졸망한 촌락을 지났다. 지난밤 긴장했던 마음은 멀리 사라지고 들녘의 단조로운 풍경이 정겹다. 630km 여정 중에 300km를 달려 상주 낙단보에 도착하였다. 낙동강 원류를 따라 강을 벗 삼아 따라온 길이 아련하다. 허벅지와 종아리 근육에 무리가 있기는 하지만 꿈길같이 아득한 풍경에 마음을 빼앗긴다.

　상주 낙단보에 도착하여 친구가 사망했다는 비보를 들었다. 그 소식은 나의 여행 일정을 송두리째 흔들어 버렸다. 망자의 장례 일자에 맞추어 도착하려면 중도에 여행을 포기하던지 아니면 밤낮 종착지를 향해 숨차게 자전거 페달을 밟아야 하는 갈림길에 서게 되었다. 중도에 포기하기 싫었다. 이화령과 조령, 두 고개를 넘고 낯선 남한강 밤길을 뚫고 한강을 지나 인천 아라 뱃길까지 340km를 우여곡절을 거치며 하루에 도착하였다. 손가락은 마비되고 엉덩이는 감각이 없었다. 성취감보다는 허탈감이 밀려왔다. 630km, 지나온 길이 꿈만 같았다. 혼자만의 여유로운 여행을 하자던 계획은 물거품으로 돌아가 버렸다.

삶의 여정도 마찬가지다. 어떻게 살 것인지가 인생살이의 길라잡이가 된다. 정상을 향해 앞만 보고 서둘러 나아가는 것이 전부는 아닌 듯하다. 힘들면 쉬어가기도 하고 주위를 둘러보는 여유가 필요할 것 같다. 마음의 여유를 가지고 살아간다면 더 아름다운 것을 볼 수 있고 삶이 풍성해질 것이다.

평상심을 잃고 허둥대다가 여행 일정이 끝나버렸다. 떠날 때의 설렘은 사라지고 진한 아쉬움만 남는다. 1,500리 물길의 기억이 아득하다. 앞만 보고 다투며 살아온 내 삶이 벌써 후회스럽다.

내 탓이오

사노라면 가끔 우엣 고생을 하는 경우가 있다. 나는 발 때문에 오랜 기간 헛고생을 했었다. 발은 신과 동고동락하는데 군 훈련병 시절 훈련소에서는 군화를 지급해주며 발을 군화에 맞추라고 했다. 실소를 금치 못할 정도로 어이없는 명령이지만 군이라는 특수한 조직에서는 가능한 이야기다. "궁하면 통한다."라고 동료 훈련병과 서로 맞는 신발로 바꾸어 신거나 요행으로 딱 맞는 신발이 지급된 경우에는 마치 복권에 당첨된 것처럼 신이 났었다. 나는 운이 좋았는지 비교적 발에 맞는 군화를 신었지만 심한 훈련이나 구보 때 왼쪽 두 번째 발가락은 항상 고통을 동반한 수난의 연속이었다.

다른 발가락과는 달리 나무옹이처럼 보기 싫게 굳은살이 박인 두 번째 발가락은 신발을 신을 때마다 왠지 모르게 불편했지만 똑 부러지는 묘안이 없었다. 그러다가 몇 해 전 달리기를 시작하면서 본격적인 수난이 시작되었다. 심하게 운동을 하거나 장거리를 달리고 나면 발톱이 멍들거나 빠지는 경우가 허다했다. 발가락 통증 없이 운동을 할 수 없을까. 최대의 관심사는 발이 편한 운동화를 찾는 것이었다. 하지만 비싼 돈을 지불하고도 내발에 편한 운동화를 구하지 못했다.

마라톤과 같은 장거리 달리기는 자기 체중의 다섯 배 정도가 관절에 전달된다고 한다. 그러므로 마라토너에게 올바른 신발의 선택은 무엇보다 중요하다. 운동화를 고를 때는 여러 가지를 감안하여야 한다. 체중에 비례하여 충격을 흡수해주는 기능이 있는지, 자신의 발 형태에 맞는 신골인지, 열을 빨리 식혀주는 통풍 기능이 있는지를 잘 살펴보아야 한다. 특히 신발을 고를 때는 발이 붓는 오후에 신발을 골라야 한다. 매장에서 신발을 신고 엄지발가락 앞부분을 눌러 보았을 때 손톱만큼의 여유가 있어야 적당하다. 또한, 직접 신어보고 매장 안에서 달려 보아야 한다.

신발은 상품마다 특징적인 기능이 있다. 충격을 흡수하는 기능에도 다양한 방식의 운동화가 출시되고 있다. N사는 공기 도관 방식으로 충격을 흡수하는 제품을, A사는 듀오맥스 재질을 사용한다. 그 외에도 발 형태에 따른 다양한 신골과 열을 식혀주기 위해 통기성이 좋은 신발이 출시되고 있다.

나는 여러 종류의 신발 중에서 '이것이다'라며 신중하게 신발을 고르지만 늘 왼쪽 두 번째 발가락이 마음에 걸린다. 아무리 좋은 신발을 골라도 유독 한 발가락만 검푸른 피멍이 들고 발톱이 빠지기 일쑤였다. 대략 발톱이 다시 살아나오는 것을 주기로 일 년에 두서너 번은 족히 빠졌다.

　어렴풋한 기억이지만 왼쪽 발가락의 옹이는 어릴 때 이미 생겼던 것 같다. 그때는 대부분 고무신을 신었는데 잘 닳지 않아서 해가 바뀌도록 신었고, 성장기에 신발이 작아서 그러려니 생각했었다. 신발이 작은 것이 원인이라면 왜 하필 왼쪽 발이겠는가. 꼼꼼하게 따져서 신발을 선택하더라도 두 번째 발가락의 수난은 달리기 일정에 비례하여 끝없는 진행형이다. 고통을 줄이고자 발가락에 테이핑도 해보고 발가락 양말을 신어도 보았지만 모두 헛수고였다.

　행운인가. 우연한 기회에 모 신발회사에서 맞춤식 운동화를 제조 판매한다는 광고를 보았다. 호기심에 신발매장에 들렀다가 놀라운 사실을 발견하였다. 그곳에는 발을 측정하는 기구가 있었다. 판매원의 안내에 따라 발 측정기 위에 발을 올려놓았다. 순간 컴퓨터와 연결된 모니터에는 발의 형태, 길이, 폭 등 발에 관한 세세한 정보가 모두 나타났다.

　"선생님 양쪽 발이 차이가 크네요."라는 매장 직원의 말에 놀라 모니터를 보니 왼쪽 발이 오른쪽 발보다 무려 1cm가 더

길었다. '내 발이 짝 발이구나.' 이 나이가 되도록 발의 길이가 이만큼 차이가 난다는 것을 모르고 살았다니 어이가 없었다. 물론 조금 차이가 있으리라고는 생각했지만 그렇게 고생을 하면서도 단 한 번도 자로 재보려는 생각을 못했다. 발이 차이가 나는 것도 모르고 유명 신발 회사가 뭐 이따위냐고 탓했다.

맞춤식 신발과 발의 동거는 왼쪽 두 번째 발가락을 위한 나의 최선의 배려다. 요즘 가격은 비싸지만 맞춤식 런닝화를 신고 발가락 부상 없이 달리기를 즐긴다. 평상화를 고를 때도 왼쪽 발에 맞추어 신발을 선택한다. 오랜 기간 동안 우엣 고생을 하며 비싼 대가를 치르고서야 발가락의 수난기를 마감하게 되었다.

그동안 무지해서 수난을 당한 것이 어디 발가락뿐이겠는가. 오랜 기간 불편했던 고통의 시간도 지난 후에 돌아보면 아주 단순한 것임을 알 수 있다. 타성에 젖어 살아가는 일상 속에는 일부 맞지 않았던 동거상황이 많을 것이다. 인간관계도 상대의 장단점을 제대로 알고 자기를 좀 낮추거나 배려하면 좋은 관계를 유지할 수 있겠다는 생각이 든다.

오랜 세월 나무옹이처럼 굳은살이 박혀있는 발가락을 보니 연민의 정을 느낀다. 신발 속에 갇혀 우엣 고생만 해온 지난 세월을 어떻게 보상해 줄 수 있겠는가. 그동안 고통을 느끼면서도 양측 발의 길이가 다름을 알지 못하고 어리석게도 신발 탓만 해왔던 것이다. 참, 내 탓이오! 내 탓이다.

낙동강 물 사랑 200km 완주기

　'골인!' 이라는 함성에 눈을 뜨고 일어났다. 내 생애 이렇게 깊은 단잠에 빠졌다가 일순간 깬 적도 없었던 것 같다. 아트 사커(예술축구)를 구사한다는 최강 프랑스와 대한민국이 월드컵 경기에서 비기는 기적이 일어났다. 그날 나는 자신의 한계를 극복하고 낙동강 오백 리 길을 완주한 후 가슴 벅찬 아침을 맞았다. 33시간 37분, 달려온 길이 꿈같이 아득하다. 무지근한 사지로 출근하니 노랗게 변하여 꽃봉오리 채 말라 떨어지던 치자 꽃이 다시 흰 꽃을 피워 고혹한 향기를 풍기고 있다. 지난날 볼품없는 나무에서 매혹적인 향기를 품어내는 그 꽃에 반했다. 나도 향기나게 살아야 되겠구나. 타성에 젖은 생활을 뒤돌아보며 극한의 고통 가운데 심신을 단련코자 낙동강 물 사랑 200km 대회에 도전했다. 인내의 한계를 넘나들며 완주하고 출근하여 사무실 창가에서 치자 꽃을 대하니 감회가 새롭다.

〈출발 전〉

대회참가를 위해 부산행 새마을호를 타고 삼랑진에 도착하니 어느덧 노을이 낙동강에 내려앉는다. 과연 오백 리를 제한 시간 내에 완주할 수 있을까. 승객으로 가득 찬 완행열차에 앉아 있건만 마음은 절해고도에 홀로 남겨진 듯하다.

물은 생명의 근원이요, 하구언은 강과 바다가 만나는 경계선이다. 낙동강은 영남의 젖줄이며 그 길을 달리는 것은 민초들의 애환이 서린 길을 거슬러 자신의 삶을 돌아보는 시간이 될 것이다. 결코 쉬운 여정이 아니기에 이곳에 온 이유를 새기며 마음을 다잡는다. 철새 도래지 을숙도 물사랑 공원에 출발 3시간 전에 도착하여 긴 레이스를 위해 점검을 철저히 한다. 레이스 도중에 생길 응급상황에 대비한 물품과 비상식량을 챙기고 안전등과 손전등을 챙겨 들고 출발선으로 다가선다.

〈0~50km〉

출발선에는 먼 길을 함께 떠나는 전사들의 비장한 눈빛들이 어둠 속에서 번뜩인다. 출발이다. 어둡고 긴 강둑을 자박자박 앞사람의 발걸음 소리를 들으며 달려간다. 선두 주자의 깜박거리는 안전등은 바람 한 점 없는 검은 어둠 속으로 명멸하듯 멀어져 간다. 칠흑 같은 어둠으로 강변의 풍경은 알 수가 없다. 오직 주자들의 달리는 소리만이 전진을 알린다. 네다섯 시간은 족히 달렸나 보다. 강둑을 벗어나니 굽이도는 언덕길에 밤꽃 향기가 가득하다. 잠시 고통을 잊어도 좋을 듯 흐르는 땀을 옷소매로 훔치고 별빛 총총한 하늘을 본다. 무논에 개구리가 운다. 쉬엄쉬엄 언덕을 넘어서니 평상과 수도가 있는 매점이 나타난다. 사막에서 오아시스를 만난 기분이다.

양말을 벗고 발바닥을 살펴본다. 수돗물에 발을 담그고 열을 식힌다. 백여 리를 달려왔는데도 아직은 발 상태가 좋다. 아이스크림을 먹으며 긴 언덕을 넘었다. 드디어 날이 밝아 오고 첫 번째 목표지점에 6시간 만에 도달하였다. 죽 한 그릇으로 아침 식사를 대신하고 다음 목표인 100km 지점을 향하여 달리기 시작했다.

〈50~100Km〉

예상대로 가장 큰 복병이 나타났다. 더위에 의한 피로와 탈수는 울트라마라토너에게 가장 치명적이다. 그런데 정오가 되기도 전에 날씨가 무더워졌다. 기온이 더 올라가기 전에 한 발이라도 더 가려고 안간힘을 쓴다. 그나마 80km까지는 한 시간 달리고 10분간 쉬면서 스트레칭을 하며 잘 달렸다.

정오를 기준으로 기온은 더 상승하고 인내심의 한계를 느낄 만큼 고통이 몰려오기 시작한다. 오월 날씨가 30도를 오르내린다. 도무지 종잡을 수 없다. 땀은 비 오듯 흐르고 가로에는 그늘이 될 만한 가로수 한 그루 없다. 오직 가야만 한다는 일념으로 버텨보지만, 의지와 다르게 온몸이 축 늘어진다. 현기증이 난다. 타는 갈증으로 냉수만 마셨더니 위는 경련을 일으키고 구토가 난다. 갈 길을 생각하니 아득하다. 차라리 일찍 포기하는 것이 나을 듯하다. 포기와 완주라는 두 단어가 머리를 맴돌며 치열하게 다툰다. 겨우 나무그늘을 찾아 드러누웠다. 왜 사서 이런 고생을 하는지 나의 꼴이 참으로 한심하다. 달리기는커녕 걷는 것조차 힘이 든다. 길가에 있는 매점 수돗가에서 몸의 열기를 식히기 위해 물을 덮어써 보았지만 그 효과가 오래가지 못했다. 우여곡절 끝에 103km 물품 바꿈터에 도착했다.

포기라는 유혹이 끈질기게 따라다닌다. 여기서 그만두지 않으면 중간 지점에서 돌아가는 차편이 없다. 지금이 회수차를 탈 수 있는 마지막 지점이다. 갈등이다. 대구에서 응원을 온 지인들이 안타까운 마음으로 도움을 주려고 한다. 남지로 가는 긴 교각 밑에서 높은 곳에 다리를 올리고 거꾸로 누워 몸의 열기를 식히고 나니 컨디션이 조금 회복되었다. 길 위에 다시 자신을 세운다.

⟨100~150km⟩

한증막 같은 날씨에 도로는 종일 이글거린다. 하지의 긴 하루해는 마라토너의 육신을 초토화 해놓고도 서녘 하늘로 넘어갈 줄 모른다. 정말 지긋지긋한 태양이다. 세상에서 가장 거대한 악마의 모습으로 내게 포기하라고 아우성을 친다. 악다구니를 쓴다. 저놈 서쪽으로 넘어가서 어둠이 올 때까지만 이를 물고 참자. 낙동강 풍경은 눈에 들어오지 않는다. 모두 태양이 삼켜버렸다. 가로수조차 없는 길, 육중한 굉음으로 달리는 화물트럭이 정신을 일깨워 준다. 끊임없이 이어지는 길이 원망스럽다. 인적이 드문 곳에서 양파 수확을 하는 촌로에게 염치불구하고 막걸리 한 사발을 얻어 마셨다. 체면도 부끄러움도 생존 앞에서는 이미 사라진 지 오래다. 오기가 발동한다. 태양의 정면 승부를 받아들인다.

먼 곳에 보이는 민가를 일차 목적지로 정하고 사력을 다해 달려본다. 희망이 보인다. 구멍가게에 들러 아이스크림을 먹는다. 벌써 차가운 음료와 아이스크림 값으로 삼만 원을 지출했다. 음료수만 이렇게 많이 마시기는 처음이다. 사력을 다했음에도 달려온 거리가 고작 얼마이던가. 긴 해가 비웃으며 꼬리를 감춘다. 주자들은 하나둘 어둠 속으로 사라진다. 안전등 불빛도 가시거리에서 사라지고 휘파람새가 우는 이름 모를 언덕을 혼자서 달려간다. 낯선 산중에 혼자가 되니 무서움과 고독이 동시에 밀려온다. 자신에게 가장 솔직해지는 시간이다. 뛰던 걸음을 멈추고 천천히 걷는다. 언덕을 넘으며 '주모경'을 바친다.

졸음이 몰려온다. 한적한 도로 옆에 쪼그려 고양이 잠을 자다가 한기가 들어 일어나니 온몸이 뻣뻣하다. 천태산 입구에서 또 드러누웠더니 경찰차가 왔다. "이 밤중에 무슨 일입니까." 경찰관이 걱정스런 얼굴로 묻는다. 자초지종을 이야기하고 반딧불이 반짝이는 천태산을 오르다가 눈을 의심했다. 야심한 밤에 중년부인이 갓 구운 토스트며 수박을 먹고 가라는 것이다. 혹 귀신을 만난 건 아닐까. 머뭇거리는 나에게 그녀는 "우리 아저씨가 음식을 대접하라고 했어요."라고 말한다.

참으로 고마운 경찰관 가족이다. 따뜻한 온정을 베풀어 주신 경찰관 가족에게 감사한다. 수박과 토스트 힘일까. 아흔아홉 굽이 천태산 언덕길, 반딧불의 춤사위를 벗삼아 정상 150km 보급 지점에 도착했다. 반가운 얼굴들이 보인다. 미리 도착해 있는 그들도 정도의 차이는 있지만 극도의 고통을 이기고 여기까지 온 울트라 전사들이다.

얼큰한 매운탕 한 그릇은 대회 주최 측에서 제공한다. 평소 좋아하는 매운탕이다. 먹어야 목적지까지 간다는 생각으로 목구멍으로 음식을 넘기려 애써 보지만 도무지 넘어가질 않는다.

〈150~200km〉

어쩌면 달려온 길보다도 남은 50km가 더 힘들지도 모른다. 어떻게 달려온 길이던가. 언덕이 있으면 내리막이 있는 법, 굽이굽이 내리막길을 내려오며 졸음으로 말미암아 자꾸만 차도 중앙으로 달려 들어간다. 졸음을 참을 수 없어 한적한 곳에 누워 또 눈을 붙였다. 겨우 4분을 잤는데 한결 졸음이 가신 듯하다. 부산 가톨릭 마라톤클럽에서 온 형제자매님의 동반주走와 토마토 한 개는 영원히 잊을 수 없다. 그분들의 도움으로 한결 컨디션이 회복되어 날이 밝을 무렵 물금시내가 보이는 슈퍼에 들러 마지막 간식을 챙겨 먹었다.

낙동강 둑길에 접어들었다. 이제는 완주할 수 있다는 확신이 든다. 하지만, 가도 가도 끝이 보이지 않는 하구언 둑길은 주자의 조금 남은 기운마저 완전히 빼앗아 간 후에 끝이 났다. 기진맥진 하구언 다리에 올라서니 강과 바닷바람이 땀에 젖은 육신을 감싸고 돈다. 낙동강 물사랑 공원 피니쉬 라인에 드디어 골인! 세상에 모든 것을 얻은 것 같은 환희를 가슴에 품고 다리를 절뚝거리며 대구로 향하는 열차에 몸을 실었다.

다께시마 스시 집

장시간 비행 끝에 미국 보스턴에 도착했다. 우리 일행은 장거리 비행으로 심신이 지쳐 있었지만, 숙소에 짐도 풀지 못한 채 가이드를 따라 한국인이 운영하는 '다케시마(竹島)'라는 음식점으로 갔다. 대나무 그림과 '다케시마'라고 쓴 간판은 일식집 분위기가 물씬 풍겼다. 문을 열고 들어서니 여남은 평쯤 되는 아담하고 평범한 식당이었다. 미리 예약해 놓았는지 일행이 자리에 앉자 곧바로 음식이 나왔다. 범선모형의 목공예 그릇에 담긴 각양각색의 초밥은 보기에도 먹음직스러웠다. 배가 고파서일까. 이국에서 따끈한 우동국물과 곁들여 먹는 초밥은 별미 중 별미였다. 같은 식탁에 앉아 서로 수인사도 나누지 못한 터에 누가 먼저랄 것도 없이 먹는 데 열중하였다. '금강산도 식후경'이라는 말은 이를 두고 한 말인 듯하다. 다들 허기를 면하고서야 생기 도는 얼굴로 통성명에 말문을 텄다. 따끈한 국물 덕분인지 그제야 긴장이 풀리고 다소나마 여독이 가시는 듯했다.

사월, 나뭇가지들은 초록의 잎눈을 틔우고 있었지만, 보스턴 외각의 찰스 강변은 아직 쌀쌀한 기운이 감돌았다. 강 따라 한참을 버스로 이동해서 시 외각지에 위치한 호텔에 도착해 여장을 풀었다. 평소 마라톤 대회에서 알고 지내던 사람들이 삼삼오오 숙소에 모였다. 누가 먼저랄 것도 없이 준비해온 간단한 안주에 소주를 마시면서 이틀 앞둔 보스턴 마라톤대회의 정보를 주고받았다. 취기가 오르고 이런저런 대화를 나누던 중 저녁을 먹었던 '다케시마'라는 간판에 의구심을 가지고 설왕설래가 이어졌다. 여행에 지쳐 무심히 지나친 초밥집 상호가 하필이면 일본이 영유권을 주장하며 시비를 거는 '다케시마'란 사실이 비로소 생각난 것이다. 분명히 우리나라 사람이 운영하는 것 같았는데 한국 사람이 왜 이런 간판을 내걸고 장사를 할까. 무슨 연유가 있는 걸까? 일행 중 한 분은 말도 안 될 노릇이라며 침을 튀기며 성토했다. 잊을 만하면 독도 영유권을 주장하는 일본 우익계의 망언 앞에서 우리는 남녀노소, 신분을 떠나 언제나 한마음으로 분노하지 않았던가. 지인의 분노에 찬 강변이 이해가 되고도 남았다. 타국에 살든 본국에서 살든, 우리는 자존을 지켜야 함이 마땅하리라. 하지만 여행 첫날부터 그 일로 기분을 망치기보다는 기회가 오면 무슨 사연이 있는지 조용히 물어보는 것이 좋을 것 같아서 더는 동조하는 말을 보태지 않았다.

우리 일행은 다음 날도 그곳에서 한 끼를 더 먹었다. 순전히 여행사의 일정에 맞추어져 있으니 어쩔 도리가 없었다. 두 번째 그 집에 갔을 때 상호에 대해 물어보고 싶었지만, 주인은 없고 종업원만 있었다. 들리는 이야기로는 주인은 여행사 사장과 교분이 있는 보스턴 한인교회 장로라고 하였다. 그의 딸은 하버드대학 의예과에 다니고, 중학생인 아들 샘은 우리들의 여행 일정이 끝나는 날까지 도우미 역할을 하였다. 샘은 예의가 바르고 순박해서 일행들로부터 칭찬을 많이 받았다. 미국에서 나고 자라도 부모님의 한국식 가정교육 덕택이라는 생각이 들었다.

우리나라 영토임을 표기하는 '독도'라는 이름을 두고 '다케시마'라는 상호를 사용하는 까닭이 무엇일까. 궁금증이 뇌리에서 떠나지 않았다. 여행 일정이 끝나갈수록 의구심은 점점 눈덩이처럼 불어났다. 귀국하는 날 새벽, 드디어 궁금증에 대한 진의를 파헤칠 기회를 잡았다. 보스턴 교회 장로이며 다케시마 스시집 사장이 우리 일행을 자신의 집으로 초대하였다. 손수 준비한 우리 음식과 시원한 콩나물국이 그저 그만이었다. 하지만 식사를 마치고서도 내 마음은 불편하기 짝이 없었다. 왜 '다케시마'인가. 몇 번이나 망설이다 끝내 물어보지 못했다. 이른 새벽 아무 대가 없이 따뜻한 동포애로 작별인사를 나누려는 그분께 차마 불편한 심기로 매듭을 지을 수는 없었기 때문이었다.

보스턴에서 둥지를 틀고 살아야 할 그분에게는 '독도'든 '다케시마'든 이미 안중에 없을지 모른다. 그럼에도 이국땅에서 동포애로 눈시울이 붉어지는 그는 어디에 살고 있어도 단군의 자손임이 틀림없었다. 단순히 두 차례에 걸쳐 올려 준 매상에 대한 감사의 표현으로 그가 오늘 호의를 베푼 것은 아닌 듯하다. 그가 군이 상호로 다케시마를 내거는 것은 내가 헤아릴 수 없는 고도의 상술일 수도 있으리라. 보스턴 여정 동안 '한국인은 독도, 일본인은 죽도'라는 대칭 구도에서 나는 줄곧 다케시마를 서성였다. 결국 비행기가 이륙하고서도 수수께끼에 대한 궁금증을 풀지 못했다. 지구 반대편에서 비빔밥집을 내더라도 그 주인이 한국인이든 일본인이든, 그 상호는 '전주비빔밥 집'이 제격이라고 말할 수 있을까. 내 머릿속에는 '왜, 다케시마여야 하는가?'로 가득 차 있었다.

독도에 관한 뉴스가 나올 때마다 보스턴의 '다케시마 스시집'이 생각난다.

이름

장마가 끝나고 여러 날 수은주가 사람 체온과 비슷하게 올라가는 무더운 날씨다. 조금만 움직여도 등줄기가 끈적끈적하다. 삼복더위에 잠시라도 더위를 식혀주는 시원한 바람 한 자락이 간절하다. 밀집된 건물 탓에 바람의 통로마저 막혀버린 도시는 아스팔트 열기로 후끈 달아올라 흡사 열사의 사막에 온 듯하다.

깊은 골에서 불어오는 시원한 바람 한 줄기가 그리운 계절이다. 휴일이라면 몰라도 업무 중에 자연 바람을 접하기란 어렵다. 고작 선풍기 바람을 쐬거나 냉기가 나갈세라 틈새를 단속하며 맞는 에어컨 바람이 전부이다. 나 같은 직장인은 주중에 실내에서 생활이 대부분인지라 더 답답하다.

근무를 마치고 피로와 더위에 지쳐 축 늘어진 몸과 맘으로 모임에 참석했다. 음식점 실내는 냉방장치를 가동하고서도 선풍기를 돌려 주었다. 소름이 돋을 정도로 차가운 바람이 금방 더위를 식혀 주었다. 자연 바람은 아니지만 뜨거운 음식을 먹으면서도 땀을 흘리지 않아서 좋았다. 냉방기에서 나오는 바람이 사방으로 고루 퍼질 수 있도록 열심히 돌아가는 선풍기 가장자리를 보니 '독도 바람'이라고 적혀 있다. 누가 선풍기에 딱 맞은 이름을 붙여 주었는지 참 기발하다. 당장 독도에 갈 수 없지만, 마음의 섬 하나가 다가와 기분이 상쾌하다. 동해의 검푸른 물결이 넘실대고 괭이갈매기 무리가 날아다닌다. 상표 하나에 기분이 남다르다. 청정 해역에서 불어오는 바람 한 줄기가 간절하던 차에 도심의 식당에서 색다른 피서를 즐겼다.

모임이 끝나고 집으로 돌아오니 열대야로 방안이 온실 같다. 의식적으로 선풍기를 끌어당기면서 어떤 이름이 붙었는지 들여다보았다. '해피 플라워'라고 쓰여 있다. 이번에는 행복의 바람이 불어온다. 시원한 독도 바람은 아니라도 행복한 꽃바람이라니 이 또한 멋진 이름이지 않는가. 해마다 여름이면 어김없이 선풍기를 사용하면서도 그 상표에는 무관심했었다. 같은 도구로 쓰일지라도 저마다 특별한 의미와 느낌을 전해주는 것을 모르고 습관적으로 선풍기를 사용했을 뿐이었다.

우연히 단어 하나의 의미를 발견한 기쁨이 크다. 선풍기 바람을 맞으면서 독도가 연상되고, 유행가 가사 같은 행복의 바람을 피부로 느끼는 재미가 쏠쏠하다. 상품마다 고유의 상표가 있고 그 이름이 전해주는 느낌과 의미가 있으니 어떤 사물과 물건을 대하더라도 관심을 두고 눈여겨볼 일이다.

요즘 농산물도 브랜드화되어 상품의 이미지와 가치의 기준으로 평가되고, 저마다 고유한 이름을 달고 무한경쟁 시장으로 나간다. 소비자의 마음을 끌려면 상품의 질과 특성에 맞는 이미지의 이름이 중요하다. 나의 고향은 고추 주산지다. 영양 고추는 맛과 질이 좋기로 전국에서 으뜸이다. 영양에서 생산된 고추로 만든 고추장 상표는 '빛깔찬'이다. '빛깔찬'이라는 단어에는 빨갛고 야무진 고추 이미지가 연상된다. 가을의 태양을 배부르도록 삼킨 고추로 담근 빨강 고추장의 매콤한 맛이 입안에 감도는 느낌이다.

인터넷 사용이 보편화 된 지금 네티즌들도 저마다 자기의 색깔을 나타내는 닉네임을 즐겨 사용한다. 아무래도 자신의 본명보다는 더 친근하게 접하고 부르기도 수월하기 때문일 것이다. 또한, 애칭은 자신의 마음과 삶의 방향을 은연중 제시하기 때문일 것이다. 나도 닉네임을 가지고 있다. 요즘 같이 더운 여름에는 시원한 소낙비나 바람의 이미지가 풍기도록 닉네임을 바꾸어 보면 어떨까 생각해 보았다. 그러나 한철 이름으로 반짝 불리다가 폐기처분 할 수 없어 사시사철 '치자향기'라는 애칭을 그대로 사용한다.

치자향기는 진하고도 고혹적이다. 세계적으로 이름난 향수도 치자향기에 비길 바가 아니다. 그 향기를 직접 맡아본 사람은 이구동성으로 향이 매혹적이라고 한다. 더러 혹자는 치자나무에 진딧물이 너무 많아서 싫다고 하지만 장미에도 가시가 있지 않은가. 어쩌면 식물과 진딧물의 기생은 불가분의 관계라는 생각이다.

중요한 것은 내 삶이 치자처럼 향기나도록 살고 싶어 지은 이름인데 사실은 그리 살지 못하니 참으로 부끄럽다. 누구나 살다 보면 진딧물이 기승을 부리듯 인생살이도 힘든 시기가 있다며 스스로 위로한다. 나는 언제 향기 가득한 꽃을 피울까. 나날이 새로워지려는 삶의 자세로 언젠가는 나만의 하얀 치자꽃을 피워 고혹한 향기를 뿜어낼 날이 오리라 꿈 꾸어 본다.

페이스메이커

출발 총성이 울린다. 울긋불긋한 유니폼을 입은 마라토너들이 썰물처럼 밀려간다. 그 물결 위로 노란 풍선이 부표처럼 떠간다. 처녀지를 향한 마라토너의 발걸음을 도와주는 희망의 애드벌룬이다. 풍선 가장자리에는 목표 시간이 선명하게 새겨져 있다. 미지를 향해 나아가는 길이 혼자가 아니어서 아름답다. 풍부한 경험을 가진 길잡이를 따라가면 더 편하고 안전하게 완주할 수 있다.

IMF 외환위기로 나라 안팎이 시끄러울 때였다. 나는 무기력한 일상에서 허우적거리고 있었다. 몸 구석구석 알코올과 담배 냄새가 찌들어도 아랑곳하지 않았다. 지극히 평범한 샐러리맨이 사십 대의 출발선에서 아무런 자각도 없이 새로운 밀레니엄을 맞았다. 일과가 끝나면 술과 기름진 안주로 복부지방을 늘리며 몸도 마음도 축 늘어져 있었다. TV 화면에 술병과 함께 쓰러져 있는 노숙자의 영상이 심기를 불편하게 했지만 대수롭지 않게 흘려버렸다. 친하게 지내던 형님이 부도가 나서 잠적했다는 소식을 들었다. 그때야 정신이 번쩍 들었다. 남의 일처럼 느껴지던 외환위기가 권태롭던 의식을 자극했다. 나에게서 나를 깨우는 탈출구가 필요했다.

다람쥐 쳇바퀴 돌 듯한 '나태한 생활을 청산하자'라는 마음으로 달리기를 시작했다. 그해 유월 동네 몇 바퀴 달리자고 시작한 달리기가 시월에 마라톤 풀코스를 완주했다. 귀신에 홀린 것 같았다. 한마디로 무식이 용감했다. 그 감격은 눈물을 펑펑 흘릴 만큼 가슴 벅찬 것이었다.

노란 풍선이 춤을 추며 흐드러진 벚꽃 터널을 빠져나간다. 꼬리를 이은 주자들이 산굽이를 돌아 가파른 언덕을 오른다. 마라토너의 호흡이 거칠어지고 속도가 느려진다. 풍선을 매단 사나이가 하나 둘 하나 둘 구령을 붙인다. 빨간 모자를 쓰고 유격장 조교처럼 호루라기를 휙휙 불어대며 주자들의 사기를 북돋운다. 구령 덕분인지 군인정신이 다시 살아난 것인지. 주자들도 덩달아 구령을 따라 붙이며 기합을 넣는다. 걷고 싶은 유혹을 억누르고 힘든 고비를 넘기면 신기하게도 다시 기운이 생긴다. 언덕을 오르니 내리막길이다. 발걸음은 한결 가벼워지고 달리기는 새로운 국면을 맞는다.

요행을 바라는 무모한 도전은 그만한 댓가를 치르기 마련이다. 가보지 못한 미지의 길은 동경과 두려움의 대상이다. 알피니스트가 고봉을 오르는 것도 마라토너가 첫 풀코스를 완주하는 것도 정도의 차이는 있지만 완벽한 준비가 있어야한다. 자칫 계획성 없는 섣부른 도전은 자신과 타인의 생명을 담보할 수도 있다. 체력을 기르고, 처녀지를 향한 정보를 습득하여 일정 기간 철저한 준비를 해야 한다. 나는 그러한 과정을 생략하고 성취욕에만 연연하다 큰일 날 뻔하였다. 달리는 중에 에너지가 고갈되어 허기지고 배고픈 것은 그나마 참을만했다. 과다한 열 피로와 저체온 증으로 몸의 균형을 잃을 정도로 비틀거렸다. 생명을 담보로 한 정신력으로 버티며 겨우 완주한 것이 무슨 의미가 있을까. 나에게 마라톤 처녀 출전은 아찔한 기억으로 남아 있다.

페이스메이커는 목표한 시간을 향해 일정 속도를 유지하며 체력을 안배해 준다. 에너지를 효율적으로 사용하여 경제적으로 달리는 요령을 가르쳐 준다. 다리를 높이 들지 않는 주법으로 무릎의 충격을 최소화하여 관절을 보호하고 부상을 막는 법을 일러주기도 한다. 초반에 빨리 달리면 후반에 지쳐서 기록이 더 늦어진다고 당부한다. 초보 주자일수록 자신의 컨디션만 믿고 무리하기 십상이다. 초반 레이스에 체력을 조절하지 못하면 후반에 에너지가 고갈되어 완주를 포기하거나 고생하는 경우가 흔하다. 페이스메이커는 당일 날씨와 여러 가지 상황을 고려하여 편하고 안전하게 완주를 도와준다.

시각 장애우 부부가 100km 울트라마라톤대회에 참석했다. "한 번 잡은 손 평생 놓지 않으리오."라는 문구를 가슴에 달고 남편은 밤새 아내의 눈과 등불이 되어 이백오십 리를 달렸다. 자동차들이 빈번하게 오가는 위험한 도로를 지나고, 돌부리를 피하고, 가파른 재를 넘었다. 바늘 가는 데 실 가듯이 혼연일체가 되어 달리는 부부의 모습은 숭고하기조차 하였다. 아내 혼자서는 도저히 갈 수 없는 길이었다. 남편과 아내의 손목에는 한쪽 팔 길이만 한 끈이 매여 있었다. 어떤 물리적 힘으로도 끊을 수 없는 믿음의 끈이었다.

나는 길잡이가 되어 주려는 끈을 잡지 않았다. 어차피 인생은 혼자 가야 하는 고독한 존재라고 우겼다. 알량한 자존심 때문에 알면서도 모른 척 외면했다. '혼자 가면 더 빨리 갈 수 있겠지'라는 자만심이 발동하기도 했었다. 남보다 앞질러 가려다가 돌부리에 걸려 넘어지고 상처투성이가 되어도 속으로만 울었다.

헉헉 숨이 차다. 기력이 떨어진 걸 보니 출발선에서 멀리 온 모양이다. 외롭게 달려온 길이다. 아는 길도 '내비게이션'을 이용하면 더 빨리 정확하게 도착한다는 실험 결과가 나왔다. 먼 길을 가려면 조력자가 필요하고 더불어 가야 한다.

가을바람은 보았을까

해가 바뀌고 짧은 봄날은 바람에 날리는 벚꽃처럼 덧없이 지나가 버렸다. 더위와 사투를 벌이던 여름도 서서히 꼬리를 감추고, 가을의 전설을 이야기하는 마라톤의 계절이 도래했다. 일상의 무기력함을 떨쳐버리기 위한 나의 달리기가 이젠 무언가에 홀리듯 연중행사가 되어버렸다. 봄은 씨앗을 뿌려 생명을 태동시키고, 여름의 태양은 만물의 생장을 도와 가을에는 수확과 결실을 맺는다. 마라톤도 이와 별반 다르지 않다. 봄, 여름에 달리기 훈련과 체력을 단련해야 가을에 좋은 기록으로 레이스를 할 수 있다.

2000년, 달리기를 시작한 지 4개월 만에 춘천마라톤대회 풀코스를 완주했다. 지금 생각하면 무모한 도전이었지만 삶의 새로운 전환점이 되었다. 마라톤 처녀 출전을 위해 6시간

버스를 타고 구불구불한 죽령을 넘어 춘천에 갔었다. 숙박 시설이 부족해 허름한 여관방에 여럿이 새우잠을 자느라 잠을 설치고도 완주 후 가슴 벅차 감격의 눈물을 흘렸던 기억이 난다. 그날 이후 마라톤이라는 마력에 빠져 해마다 가을의 전설을 준비하게 되었다. 나에게 있어 마라톤은 미지에 대한 설렘, 환희, 고통, 회한, 눈물, 극기, 노력, 땀, 정신력, 절제, 자기통찰, 인생의 드라마 등 많은 단어를 떠올리게 한다. 달리면서 고통스러울 때 왜 힘들게 달려야 하는지 후회할 때도 있다. 그러나 결승선을 통과하여 완주했을 때의 짜릿한 성취감은 무엇과도 비교할 수 없기에 끊임없이 도전하게 된다.

마라톤 마니아들은 춘천마라톤대회를 두고 '가을의 전설'이라고 말한다. 이 마라톤 무용담은 가을의 전설로 남아 마라민국사람들에게 끝없이 회자되고 있다. 삶에서 진정한 승자란 바로 자신을 이기는 것이다. 고통을 넘어 진한 감동을 남기는 가을의 전설은 사나이 가슴에 눈물 한 방울 떨구는 감동의 생생한 드라마가 된다. 출전을 앞두고 일찍 잠자리에 들었지만, 소변이 마려워 몇 번 잠을 깼는지 모른다. 수분을 저장하기 위해 물을 너무 많이 마신 때문이리라. 지난밤에는 긴장된 탓인지 깊은 잠을 이루지 못하고 불길한 꿈까지 꾸었다. 컨디션이 엉망이다. 이러다가 봄부터 준비한 대회를 망치지나 않을지 불안한 마음이 엄습한다. 눈을 감고 대회코스를 달리는 상상을 해본다. 정말 달리는 것처럼 실감이 난다. 엘리트 선수들은 이러한 이미지트레이닝 훈련을 한다는 기사를 보았다. 아마 지금 나의 정신상태를 진단한다면 '마라톤 중독'이다.

결전의 날이 밝았다. 어둠을 가르고 새벽같이 춘천에 도착했다. 장시간 의자에 앉았다가 버스에 내렸더니 몸이 경직되었던 모양이다. 짐칸에 실린 천막을 들다가 그만 허리를 뜨끔하고 말았다. 허리를 제대로 가눌 수조차 없다. 아, 가을의 전설을 위해 얼마나 많은 날을 준비해 왔던가. 허리를 움직여보았지만, 통증이 심하여 제대로 걸을 수 없다. 춘천 종합운동장에 드러누워 시리도록 파란 하늘을 바라보니 눈물이 핑 돈다. 남들이 볼세라 눈물을 훔치고 나니 그나마 후련하다. 고개를 돌려 주위를 살피니 수많은 마라토너의 싱싱한 다리가 보인다. 경마대회에 출전한 명마들의 미끈한 다리 같다. 그동안 준비해온 수많은 달리기 훈련과 일정들이 파노라마처럼 스치고 지나간다. 뛰어야 할 것인가. 다음을 기약할 것인가. 혼돈으로 아득한 정적의 시간이 흐른다.

포기하자고 결정을 내렸는데 출발시각이 되자 발걸음은 자꾸만 출발선을 향하고 있다. 알 수 없는 힘이 거대한 자석처럼 출발선으로 끌어당긴다. 꽈광, 출발 포성이 울리고 마라토너의 무리에 나도 모르게 동참해 버렸다. 움직이기조차 어려왔는데 달리고 있다니 이 무슨 조화인가. 막혔던 혈관이 한 번의 펌프질로 다 뚫리는 느낌이다. 상식적으로 이해가 되지 않는 몸의 상승작용이 일어난다.

목표한 시간 없이 완주만 한다고 생각하니 마음이 편하다. 첫 번째 언덕을 넘고 만산홍엽이 명경 같은 호수에 비치는 10km 지점에 도착하니 몸은 한결 더 가벼워짐을 느낀다. 그러나 28km를 지나면서 허리가 끊어질 듯 통증이 엄습해 오기 시작한다. 포기하기에는 달려온 거리가 너무나 아깝다. 포기하는 것도 용기라지만 오기가 생긴다. 보폭을 줄이고 허리의 충격이 작게 전달될 수 있도록 무릎을 높이 들지 않았다. 신발이 땅에서 끌리도록 달리니 모양새가 우습다.

허리를 움켜잡고 거듭 전의를 불사른다. '포기 못해'라고 주문을 외운다. 군부대에서 응원을 나온 병사들의 박수 소리에 힘입어 이를 앙다문다. 한계상황에 도달했다. 도저히 더 달릴 수 없을 만큼의 고통이 포기를 종용한다. 마라톤이 도대체 무엇이기에 이 고생을 하는가. 지금 이 순간은 누구나 다 자기 자신과의 싸움에서 이기고자 사력을 다한다고 생각하니 조금은 위로가 된다. 고통은 기쁨의 전령이다. 고통을 이기는 자만이 진정한 승리자가 될 수 있다. 자신을 극복한 승자만이 가을의 전설을 추억한다. 기록을 떠나 최선을 다한 완주는 아름답다. 포기하지 않고 끝까지 달려야 할 구실이다.

달려온 35km보다 남은 7.195km가 더 힘든 것은 진정한 승리자를 가리기 위한 마라톤만의 매력이다. 무쇠가 담금질을 통해 더 강해지듯 마라토너는 고통을 통해 더 멋진 인생의 승부사로 거듭나는 것이리라. 저만치 골인 지점이 시야에 들어온다. 무너져 내릴 것 같은 허리를 곧추세우며 젖 먹던 힘을 다한다. 결승선을 향해 두 팔을 벌리고 골인을 했다. 자신과의 처절했던 싸움이 종료되는 순간이다. 목표시간 보다 한참 늦은 3시간 27분 36초다.

　스피드 칩을 풀려고 허리를 숙이니 허리가 나무토막같이 뻣뻣하다. 신발 끈을 풀 수가 없어 자원봉사자의 도움을 받았다. 뒤뚱뒤뚱 오리걸음으로 물품을 찾아서 잔디밭에 드러누웠다. 시리도록 푸른 하늘에 뭉게구름이 여유롭다. 봄부터 가을의 전설을 준비한 시간이 주마등처럼 스치고 지나간다. 소금기 먹은 내 얼굴 위에 한 줄기 가을바람이 잠시 머물다 떠난다. 행복하다. 가을바람은 누가 볼까 몰래 훔쳐낸 마라토너의 눈물 자국을 보았을까.

우샤인 볼트

볼트선수를 보면 괜스레 심장이 고동친다. 둥 둥 출전을 알리는 북소리가 전의를 불태우고, 방아쇠를 살짝만 건드려도 장전된 총알이 '탕' 하고 튀어 나갈 것 같은 긴장감이 감돈다. 검은 얼굴, 곱슬머리, 정열이 이글거리는 눈, 명마를 연상케 하는 다리근육, 신이 빚은 듯 조각 같은 몸매, 칠 척 장신에 여유와 익살은 한눈에 보아도 불세출의 선수임을 느끼게 된다. 그를 보면, 굼베이 댄스 밴드의 '선 오브 자메이카' 팝 리듬이 전율처럼 사지를 타고 흐른다. 아프리카 특유의 원시적 레게 음악이 신경전달체계를 작동시켜 온몸을 꿈틀거리게 한다. 자메이카의 강렬한 태양 아래 태고의 자연이 파노라마처럼 펼쳐진다. 카리브 해의 산홋빛 바다, 달빛 아래 흔들리는 야자수, 광활한 초원 위에 사냥감을 발견한 표범의 본능적

질주가 연상된다.

대구에서 열린 세계 육상경기 대회를 맞아 지구에서 가장 빠른 사나이, 우샤인 볼트가 달구벌을 뜨겁게 달구었다. 그는 가는 곳마다 환대를 받으며 그 어떤 선수보다 인기를 독차지했다. 하지만 경기 당일 승리의 여신 니케의 장난인지 세계의 이목이 쏠린 100m 예선에서 부정 출발로 달려보지도 못하고 실격했다. 의욕이 넘쳐서일까. 출발 총성이 울리기도 전에 용수철처럼 튀어 나가고 말았다. 숨죽이듯 긴장감으로 팽팽하던 경기장은 누구도 예측하지 못한 돌발 상황에 장탄식이 흘러나왔다. '기대가 크면 실망도 큰 법인가?' 관중은 실망으로 술렁거렸고, 볼트선수는 양손으로 머리를 감싸 쥐고 망연자실했다. 경기복 상의를 벗어 던지고, 자기의 뼈아픈 실수를 주체하고자 애쓰는 모습이 역력했다. 번개라는 수식어가 무색해졌다. 그 순간 종잇장처럼 자존심이 구겨진 선수의 심정은 어떠했을까. 세 치 혀와 한 치의 글로 표현하기란 쉽지 않으리라. 그는 관중을 뒤로하고 곧바로 보조경기장으로 가서 울분의 질주를 했다는 신문기사를 보았다. 국가를 대표하는 중요한 경기에서 실축으로 자살골을 허용하고 상대편에 패한 축구 선수처럼 감당하기 어려운 심리적 압박감을 느꼈으리라 짐작해 본다.

이틀 후 경기장에 갔을 때, 200m 준결승에 출전한 그의 모습을 직접 볼 수 있었다. 다시 출발선에 선 그는 여전히 특유의 익살과 유머러스한 표정으로 관중에게 팬 서비스를 아끼지 않았다. 기죽지 않은 당당한 모습에 우리나라 선수인 양 반가웠다. 부정 출발로 실격한 선수라고는 믿기지 않았다. 오늘은 제대로 실력 발휘를 할 수 있을 것이라는 기대 속에 총성이 울리자 선수들은 총알처럼 튀어 나갔다. 볼트 선수는 출발 반응 속도가 다른 선수보다 늦었다. 혹시라도 부정 출발이 될까 해서 신중하게 출발한 모양이다. 늦게 출발하고도 번개 사나이는 단연 일등으로 골인했다. 일찌감치 승부가 났음에도 골인 지점을 지날 때까지 혼신을 다해 달리는 모습을 보여주었다. 표범이 먹이를 사냥하듯 사력을 다해 질주하는 그에게 관중은 환호와 박수를 아끼지 않았다. 일순간, 그는 모든 것을 다시 원점으로 돌려놓았다. 이틀 전 고개 숙이던 쓸쓸한 패자의 모습은 흔적 없이 사라지고 원망과 아픔도 한방에 날려버렸다. 하늘을 향해 활을 쏘듯 전매특허인 번개 포즈를 취하며 관중과 더불어 진정한 승자임을 각인시켰다.

그는 여세를 몰아 400m 릴레이경기에 자메이카의 마지막 주자로 출전해 이번 대회 유일한 세계신기록을 세우며 대회 2관왕에 오르는 기염을 토했다. 기록 가뭄으로 허덕이던 대회 막바지에 세계신기록 소식은 온 지구촌으로 타전되었다. 뉴욕타임스는 "이번 대회 출발은 불안했지만 마무리는 완벽

했다."라고 격찬했으며 ESPN 방송은 그를 육상의 종결자라고 평했다.

육상경기는 비인기 종목이다. 그러나 볼트 선수는 육상경기는 '재미없다'는 등식을 '재미있다'로 바꾸어 놓았다. 그는 육상경기의 재미뿐만이 아니라 진한 감동을 동시에 선사해 주고 떠났다. 신기록을 세우고, 팬들에게 즐거움을 선사하고, 진정한 스포츠정신이 무엇인지 참맛을 알게 해주었다. 누구나 인생을 살다 보면 뜻하지 않은 돌발적인 상황을 맞게 된다. 원숭이가 나무에서 떨어지듯이 자타가 인정하는 최고의 선수도 실수한다는 사실을 명백하게 보여 주었다.

볼테르는 "진실을 사랑하고, 실수는 용서하라."고 했다. 우샤인 볼트는 실패를 당당히 인정하고, 실수를 반면교사로 삼았다. 그는 대회가 끝나고 자신이 신던 팔백만 원짜리 경기화를 관중석에 던졌다. 그러나 진정한 선물은 신발이 아니라 실패를 딛고 승리를 만들어낸 아름다운 모습이었다. 모든 선수의 경기가 감동을 준 한 편의 드라마지만, 유독 볼트선수가 인기를 누렸던 비결은 무엇일까. 그것은 실패를 두려워하지 않는 스포츠 정신으로 관중과 함께 소통하고 경쟁을 즐기려고 노력하는 선수였기 때문이리라. 대구에서 열린 세계 육상경기대회! 그 각본 없는 드라마는 오랜 감동으로 기억될 것이다.